国に最強のバリアを張ったら
KUNI NI SAIKYO NO
BARRIER O HATTARA
平和になりすぎて追放されました。
HEIWA NI NARISUGITE
TSUIHO SAREMASHITA.
バリア魔法で始める魔族領主
II
CK
illustration トモゼロ

CONTENTS

KUNI NI SAIKYO NO
BARRIER O HATTARA
HEIWA NI NARISUGITE
TSUIHO SAREMASHITA. {II}

第一章

またもバリア魔法の危機ですか？

一話――バリア魔法の過去の記憶

バリア魔法を軽視した代償は大きかった。そう評されるヘレナ国との戦いがようやく終わりを遂げ、俺の元に平穏が訪れるかと思っていた。しかし、そうはなりそうもない。大きな戦いが一つ終わり、また大きな戦いの足音がしている。力を得た者は、常にその対価を支払い続けなければならないようだ。

そういえば、バリア魔法を習った幼い頃に珍しい経験をした。俺は不思議な出会いを経験したことがある。森での修行中、どこからともなく現れた老人がいた。ローブを身に纏い、朽ちかけた杖を手にした人物だった。ひたすら俺のバリア魔法の修行を木陰から見届けるその爺さんは、不思議な雰囲気もあったが、何よりも不気味だった。なかなかハードな子供時代を過ごしていた俺が昼飯を分けてあげようと思ったくらいだ。

「リンゴしかないけど、食べる?」

「わしを物乞いと勘違いするでない」

「じゃあなんなの?」

「不思議な魔法を使う小僧に興味を持っているだけだ」

そう言って、また静かにこちらを見守る不思議な爺さんだった。たしか、いつだったかな。不思議なことも言っていた。ずっと傍にいるから、珍しく彼の話に真摯《しんし》に耳を傾けていた。

「わしは賢者と呼ばれる存在じゃ」

「ふーん、やばいね」

「信じておらんな？」

図星だったので、返事はしなかった。沈黙は正義だ。

「ありとあらゆる魔法を見てきたが、お主の魔法はそのどれとも違う」

「そうなんだ。これはバリア魔法じゃないの？」

「さて、わしにはわからんよ」

爺さんは答えを教えてくれなかった。本当に知らないのかもしれなかった。

「なぜその力を極める？」

「なぜって、そりゃ大事なものを守るためさ」

「……ほう。おもしろい。もしやその気持ちが……いややめておこう。仮説は好きじゃない」

どこまでも不思議な老人だった。たまにぶつぶつと訳のわからない理論を諳《そら》んじて、俺を不安にさせたこともある。全力ダッシュで逃げようかと思ったが、なんとか思いとどまった。

「小僧、ついて参れ。少し面白いところに連れていこう」

爺さんは俺に朽ちた杖を掴むように言った。握るだけで木くずが手に引っ付くような年代物だった。数十年じゃすまない。下手したら数百年使っているんじゃないかと思うような杖だった。

掴んだ途端、視界が目まぐるしく変わる。移動魔法だと思ったそれは、どうやらそうではなかった。

目の前では大地が真っ二つに割れ、溶岩が噴き出していた。

「かつては緑豊かで平穏な土地じゃった」

「元々はこうじゃなかったの？」

「これは数百年前の記憶が造り出した光景。今はもう戦いが終わり、土地は回復しているが、かつてこんな悲惨なことが起きていた」

爺さんの見せてくれた光景は恐ろしいものだった。何もかもが珍しい経験だったが、特にあの光景はよく覚えている。

「大きな力を持つもの、ドラゴンと魔族と呼ばれる存在たちを怒らせた代償じゃ。人が驕《おご》った結果じゃよ」

「世界には凄い存在がいるんだね！」

「これを見て、怖いと思うか？」

「全然」

素直になぜそんなことを聞くのか疑問に思った。恐怖などない。この光景を創り出した生物がいたとして、なぜ恐怖を抱かなければならないのか当時の俺はピンと来ていなかった。

「それは面白い。お主は本当に特異な存在じゃ。これから時代は大きく動くじゃろう。そして、お主の気持ちが変わらなければ……そういった生き物たちに恐れを抱かず、受け入れると決めたとき、きっと全く新しい世界が出来ることじゃろうな」

「ふーん。爺さんの言ってることよくわからないな」

「そのくらいでちょうどいい」

もう少しだけ景色を見せてくれて、爺さんは魔法を解除した。その珍しい体験をさせてくれた後日から爺さんはいなくなった。終始変なことを言う人で、短い付き合いだったこともあり、ずっと忘れていた。全く新しい世界か。なぜか、急に昔の記憶が蘇《よみがえ》った。

俺にそんなものが作れるのだろうか？　とりあえず、目の前の危機をなんとかしなければならないことは明白だ。

二話――バリア魔法とオリヴィエ

エルフの脅威がミライエに迫っている。

手紙を読み取る限り、そう捉えていいだろう。

エルフのことをフェイから軽く聞くことができた。

「ああ、あいつらか。小賢《こざか》しい上に、タフで嫌いじゃや。草ばっかり食ってる変態どもめ」

とのことだ。

全然わからん！

長生きするのと、草食がわかったくらいだ。

「まあ、お主ら人間より長生きできるからのぉ、魔法も剣もそれなりに使う」

「へぇー、その感じ。さては過去に何かあったな」

顔を背けて、フェイが食事を続けた。

食事中、いつもご機嫌なフェイが少し口籠るとは、そうとうなことがあったらしい。

「神々の戦争時、エルフは人間の味方についたんじゃ。異世界の勇者と力を合わせて、それはそれは鬱陶しかったのぉ」

なるほどね。やはりエルフは強かったのか。

フェイのこの感じからするに、鬱陶しいではすまないレベルなのは間違いない。

こんな地形を変えてしまうような生物とまともに戦えてしまえている時点でかなりの強者だ。

そもそも疑問があったのだ。

人間のほうが、数の上で上回るのは間違いないにしても、フェイとアザゼルを相手にまともに勝負になるのかと思っていたことがある。

異世界からやってきた勇者がそれだけ強かったのか、と納得していた時期もあったが、エルフが人間側についていたとなれば頷ける。

エルフは1000年生きるらしい。

その間に、剣も魔法も修行を積めば、とんでもない強さになりそうだ。

けれど、エルフは性格が凄く穏やかで争いを好まない。森とともに暮らし、読書をして日がな一日過ごす。

友人を大事にし、家族を愛してゆったりと暮らし、その一生を遂げる個体のほうが多い。

彼らは大陸の東に位置する島国で暮らす。

神々の戦争以降、隔離されたその環境でエルフ独自の生態を築き上げ、平和に暮らしていると思われていた。

手紙を開けるまでは。

エルフの世界に変革が起きたのは50年も前のことらしい。

実に半世紀も人間はエルフのことを一切知らなかったことになる。

いくら隔離された環境とはいえ、強大な力を持ったエルフをそれだけ放棄していたことに驚きだ。

俺が生まれる前のことなので詳しくは知らないけど、大陸は大陸でよそに構っているほど暇じゃなかったのかもしれない。

エルフの話に戻ろう。

エルフのトップが変わったのは50年前。

その者の名をイデアという。

エルフの性質に似合わず、好戦的で、たゆまぬ努力を積んで最強の魔法使いになったエルフ。

そういうエルフは、この世界においてダークエルフと呼ばれる。

種族自体の性質も変化してしまうというから、驚きだ。

真面目に学んで野望を持ったらダークエルフ！　というわけだ。強力な種族に神からつけられた枷《かせ》なのかもしれない。エルフの世界も世知辛いものだ。

実際に恐怖政治が行われているみたいだし、ダークなエルフなのには違いないか。

手紙の内容は、イデアの侵攻を予期した内容だった。

イデアの支配から脱したいというより、大陸に危険が及ぶという心配。その動機でエルフが命からがら島から逃げ出し、我が領地に至ったわけである。

自分たちを助けてほしいなら理解できるが、他人の危険を知らせるために命からがらやってくるなんて、人間にそんなことができるだろうか？

少なくとも俺はそこまで善良ではない。

エルフの美しい心を知った今、オリヴィエが保護しているというエルフを放って置くわけにはいかない。

せっかく聖なるバリアを張って、魔族と大事に育てている最中の領地だ。ダークエルフごときに侵略されてたまるか。

悪いが、ここは俺の土地だ。何人たりとも汚すことは許さん。

「まずは、オリヴィエからエルフを取り戻さないと」

救出した人の名前が判明していなかったが、後日よくよく聞いてみたら驚きの人物だった。そう、オリヴィエ・アルカナである。あの宮廷魔法師序列第1の人物がこの地にいるのだ。問題はそこからだ。

なんなら、そこが一番の難所かもしれない。

オリヴィエは宮廷魔法師時代から、俺とは碌に口をきかない女だった。

もともと無口な性格もあったが、俺といるときだけやたらと顔が強張って、凄く怖かったのを覚えている。

きっと他の宮廷魔法師同様、俺のことを認めていなかったと思われる。

「……まてよ」

最悪、エルフを人質に取られる？

いいや、オリヴィエには俺がエルフを探していることなどバレていないはずだ。

人質の価値があるとは思われていないはず。

それなら何とかやれるかもしれない。

真の天才オリヴィエ相手でも、1対1なら、勝機はなくとも負けることもない。俺にはバリア魔法がある。

捜索依頼をしていたエルフは、1日もしないうちに見つかった。

やはりこの街に滞在していたみたいで、宿を全部回ったら見つかったらしい。

オリヴィエの名前が出ていたので、いい宿を探させていたのだが、安宿で発見したとのこと。

「なんでだ？」

宮廷魔法師、序列1位の女だぞ。俺が宮廷魔法師になるずっと前から宮廷魔法師の顔をしていた人物だ。

たしか6歳の時になったと聞いている。アカネと同じく、キッズ時代から天才だ。

お金はあると思っていたが、なんでそんな安宿に……。

敵を欺くためだろうか。理由が少し気になった。

「俺が出向く。アザゼル、ベルーガ、一緒に来い」

「「はっ」」

他の魔族には屋敷で待機命令を出しておいた。

フェイは頼んでも来てくれそうにないので、屋敷に残す。

アザゼルとベルーガを連れてきたのは、魔族の中でもこの二人が抜きんでて強いからだ。他の魔族たちも間違いなく強いが、今回は相手が悪い。

オリヴィエ相手だと、俺達３人でも撃退される恐れがある。

「気を引き締めていけ」

アザゼルとベルーガに伝えておいた。

「敵と思われるオリヴィエという女は、どんな魔法を使うのですか？」

アザゼルが事前に情報を得ようと、俺に問いかけてくる。

知っているなら全部教えてやりたいが、そう簡単ではない。

「想定できうる魔法、全てを使ってくる」

「なるほど。それで我ら３名での戦闘ですか」

「そうだ」

コートを貰い、外出の準備ができた。

「最悪の場合、私を犠牲にして確実に敵を討ってください」

ベルーガの言葉には感謝するが、大事な仲間を失うわけにはいかない。

「やばくなったら逃げるよ。そのつもりで」

刺し違える必要性はない。ダメそうならまたリベンジすればいいだけだ。

そのことを二人に伝えて、俺たちは目的地の宿へとたどり着いた。

案内してくれた魔族を先に帰す。

ここからは3人だけ進む。

俺が宿に入ると、流石にもう顔が知られているようで、主人が急いで頭を下げに来た。

「領主様、いかなる用事でこのような粗末な場所に」

「アザゼル、金を」

金子の入った小さな袋を渡させた。

「静かに、そして急いで避難を。105号室を除き、客も避難させてください。今日の営業はここまでです」

「はい？　そ、それはどういうことでしょうか？」

「宿が壊れた場合、全額補償いたします。後は知らないほうが良いかと。死にたくなければ、言われたことをすぐに」

アザゼルのただならぬ気配に、宿の主人は急いで行動に移った。

幸い客はそれほど泊まっていなかったらしく、避難はすぐに済む。

俺達3人は105号室の目に立つ。

「開けた瞬間、戦闘が始まることも念頭に置いておけ」

油断ならない相手だ。

カギを預かっており、それを使って扉を開いた。

身構える。バリアをいつでも張れるようにと。

開いた先にいたのは、ベッドの上で寝るエルフと、上半身裸で体を拭くオリヴィエ。

「あっ……」

見てはいけないシーンを見てしまったみたいだ。肌と乳房がとても綺麗……ごめんなさい。

「……死ね」

胸元を隠したオリヴィエが強烈な炎魔法を放ってくる。

バリア魔法で防げたが、やはり魔法の威力が凄まじい。

バリア魔法を貫通こそしないが、炎が部屋いっぱいに逃げ道を探すようにうねりながら進む。

反応できていなければ、３人でいきなり致命傷を受けるところだった。

「この女、ダンジョンにいた謎の女魔法使いです！」

「オリヴィエが?」

アザゼルの報告にあった、最強の魔法使いか。それがオリヴィエなら頷ける。

なんでそんなところにいたかは気になるが、それは後で考えればいい。今は一瞬も気を抜けない。

「魔族!?　また私とやる気?　こんなところまで追っかけてきて……ってシールド?」

俺に気が付いたみたいだ。

良かった。同じ宮廷魔法師だったのに、忘れられていたらどうしようかと思っていた。

「俺に用があってここに来たのか？」

一応会話を試みる。それで済むなら一番だからだ。

「……悪い？」

「騎士団長カラサリスは更迭されたぞ。それでもまだあいつの命令に従うのか？」

ヘレナ国で起きたことは俺の耳に届いている。

カラサリスには、既に権限がない。

この情報を言うことで、オリヴィエとの戦闘を避けられたらいいのだが。

「あんなやつの命令で来てるわけじゃないから……」

「まさか、個人的な恨みで？」

「なんで、そうなるのよ！」

「じゃあ、何をしに」

少し間が開いた。

オリヴィエの頰が赤くなる。

ぼそぼそと何か言っているようだが、わずかに聞きとれない。

「今度こそ言うのよ、私……」

「なんだ？　腹でも痛いのか？」

また少し間が空いた。少し睨まれた気もした。

大きく息を吸って、オリヴィエが口にした言葉は——

「あっ、あんたに会いに来たのよ！　それだけ！　悪い!?」

はい？

なんだ、この可愛らしい反応は。

顔を真っ赤にして、俺に会いに来たって？

先日メレルから熱い思いを受けたばかりだが、オリヴィエからも似た感情を向けられている気がする。

え？　本当に？　本当にそういうこと？

ベルーガのほうを一旦見ておいた。

首を横に振る。

俺の意図がわかったらしく、悪意がないことを伝えてくれた。

なんて便利なセンサーだ。

だったら、オリヴィエがここに来たのは本当にそういうこと？

まじでか、俺どうしたらいいの？

戦うことになったときより、余計に困る展開になってしまった。

三話――バリア魔法とエルフの矢

ツンツンしながらも、少しデレた様子でオリヴィエがこちらの様子を窺《うかが》う。

急いで服を着始めたので、一旦視線を逸らしておいた。

一応紳士のつもりなので、このくらいは配慮しないと。

服を着終わったオリヴィエからは、宮廷魔法師時代の恐ろしい雰囲気は消えており、ただの街娘に見えた。

本当にどこにでもいそうな普通の美女って感じだ。美女はどこにでもいないけどという注釈を入れておく。

あれ、美女？　俺はいまそう思ったのか？　自分でも驚きの感想だ。

「そのぉ聞きたいことは山盛りだが、とりあえずそのエルフを渡してはくれないか？」

「どうしてよ。この子まだ蘇生したばかりで、絶対に安静にしてなくちゃ」

それはわかっている。

蘇生魔法は万能ではない。

命の灯が消えてすぐでないといけないし、蘇生も本人の体力とか意志による部分が大きい。成功する可能性のかなり低い魔法だと聞いている。

流石の天才オリヴィエでも完璧に相手を蘇生できるわけではない。失敗が隣り合わせの偉大でリスク大な魔法だ。

「……わかった」

考えを改め、やはり魔法使用者に従うのが一番な気がした。

ここは安宿だが、清潔で日あたりの良い場所である。隠れた良宿って感じだ。

オリヴィエが付き添ってくれるのなら、問題はない気がした。

何も急にダークエルフが侵攻してくるっていう話でもないだろうし。

急ぐ必要もないかもしれない。

「もう一度確認するが、本当に俺を襲いに来たわけじゃないよな？」

襲うというのは、性的な意味ではなく、本当に襲うという意味だ。変な構文になってしまった。

ヘレナ国の刺客じゃないことを再度確認する。

「だから、なんで私があなたを襲うのよ。むしろ……何でもない！」

むしろ何!?　その先を聞きたいけど、でも聞きたくないような。

今は居場所がわかっただけでも十分か。

今日のところはこれでよしとしよう。

「おつかれ様。状況がわかったし、今日はこれで引き上げよう」

ほっと息を吐き出す。

大事な部下の二人を命の危機にさらさなくて良かったことに安堵し、アザゼルとベルーガとともに引き上げようとした。

歩き出した俺たちだったが、何か近づくものを感じて臨戦態勢に入った。

二人とも流石の反応だ。

こうして戦いの時になると、二人の戦闘経験の豊富さを感じ取れる。

宿の屋根を突き破って、光の矢がエルフめがけて飛んで来た。

反応できないスピードではない。

『バリア――魔法反射』

なによりそのバカでかい魔力のおかげで、近づく前に察知できた。なんという魔力量か。

全員を守るように張った巨大なバリアと光の矢がぶつかる。

最近は強烈な一撃ばかりを受けるが、これもまた凄い魔法だった。

しかし、撥ね返せないほどのものでもない。

悪いが、自分の矢で死んでくれ！

「……!?」

しかし、狙い通りにはいかなかった。

光の矢は撥ね返らず、バリアの前に消滅する。

目で見たときにも一瞬違和感を覚えたが、触れて確信した。あの光の矢は魔法とはどこか違う。

宿の天井の穴から、外を窺う。

木くずがパラパラと落ちてくる先には、晴れた青空が広がっていた。

高い建物の屋上に、浅黒い肌をした耳の長い美青年が立っている。

こちらを見下ろして笑うその顔には明確な悪意があった。

「あんにゃろう」

その視線はエルフに向いているかと思ったが、違う。俺に向けられている。

親指を立てて、首を掻っ切るジェスチャーを見せる。

なるほど、俺の正体を知っているわけだ。

ダークエルフの侵攻は思ったよりも早いかもしれない。それとも気の早い刺客が先に来ただけか？　気の早い男はモテないぞ。

まあ、どちらでもいい。その挑戦、受けて立つ。

「来いよ。俺のバリアを突き破れるものなら、やってみろ」

『腐敗の魔法』

「――!?」

まだ俺が敵の挑発に乗っている最中だが!?

俺が言い終わると同時に、アザゼルが３００年の封印の間に構築した、人間をせん滅させる魔法を使っていた。

腐敗の魔法が使われた瞬間、ダークエルフが姿を消す。

随分と身のこなしの速いやつだ。

先ほどまでダークエルフが立っていた場所がドロドロに溶けて崩れる。反応しなければ、生意気なダークエルフはその身を溶かしていただろう。

反応も素晴らしいが、何より腐敗の魔法の脅威を見抜いたことにも驚かされる。

あの一瞬で防ぐではなく躱《かわ》すことを選択できるとは。そのセンスに驚かされる。

全く、エルフというやつは。噂通り、本当に人間がたどり着けない領域まで踏み込んでいる可能性があるな。

「やれやれ」

領地を持つってのも、意外と大変なものだ。

次々にトラブルが舞い込んでくる。

ヘレナ国の刺客の次は、ダークエルフの刺客だ。

しかも魔法反射が通用しない。一体どういう仕組みか考えないと。

……俺も進化の時か。新しいバリアが必要になる。

「ベルーガ、ここに残ってエルフの護衛を頼みたい。オリヴィエのことを守る必要はない。そんなにやわな女じゃないからな」

「その言い方なんか、嫌。もっと乙女みたいに扱って」

……面倒くさっ。俺の中のオリヴィエ像がどんどん変化していっている。

「オリヴィエ、金はどうした？　こんな安宿に泊まるような身分とは思えないが」

「ヘレナ国を捨てたから、あんまり資産を持って来られなかったの。それに、途中迷ってお金落としたり……いろいろあったのよ」

いろいろの部分は触れないでおこう。

迷ったとか、意外と可愛いとこあるじゃないか。

俺は少し気になったことがあったので、これも確認した。

「心当たりがあれば、あると言ってくれればいいんだが、女神とかそういう類の感じで呼ばれたことは？」

「あるけど」

「ああ」

繋がった。

よかった。ミライエには変な部族も、やばい戦闘民族もいません。

全てこの人でした！

ここ最近話題に上がっていたの、全部この人です。

およ？　ならば、これはこれで使えるのではないか。

オリヴィエは気づかぬ間に民衆の支持を得ている。俺は死の領主として領民に断頭台に上げられるのは嫌なので、常々ポイント稼ぎを考えているのだが、これはいい武器を手に入れたのではないか。

「オリヴィエ、金は工面してやる。そして、ミライエにも住みたいんだよな？」

「いいの!?」

「もちろんだ。いい仕事も用意してやろう」

「ありがとう、シールド。あなたに会いにきてやっぱり……」

おっと、そういう湿っぽいのは苦手だ。

一旦逃げることにした。

「ベルーガ、ここは頼んだぞ」

「お任せを。命に代えてもお守りいたします」

相変わらず堅苦しいやつだ。嫌いじゃないけど。

安宿の修理も手配しないとな。いや、金さえ払っておけば、宿屋の主が勝手にやってくれるか。金子は払っておいたし、任せちゃおう。

用は済んだのでこの場から退散する。

アザゼルとともに戻る最中に、ダークエルフの件について話しておいた。

「大仕事だ。魔族にも動いて忙しく動いてもらうぞ」

「もちろんでございます」

「正規軍を動かせ。オリバーとカプレーゼを中心に、あのダークエルフを捜索させろ。オリバーとカプレーゼ以外、あれと戦うことを禁じるように伝えておけ」

ただの兵士ではあれに殺されてしまうだけだ。無駄死には領の損失だ。

オリバーとカプレーゼなら、やれないことはないと思っている。

二人が仕留めてくれればそれでいいが、最悪追い詰めるだけでもいい。そうなれば俺かアザゼルがとりにいく。

「それと最悪の事態も想定しておく。ダイゴにオートシールドの量産もさせておけ。あれは軍の強化に繋がる。アカネにも助力させろ。いつまでもただ食いは許さん」

アカネはダイゴと毎日遊んでいるようだが、そろそろ実用的なものを作り上げて貰わねば。

これまでは好きにさせていたが、事態が事態である。あんな才能を放置はできん。

最悪の事態とは、思っているよりも早くダークエルフの侵攻があることだ。それも大規模な。

正直、あんな使い手がゴロゴロいた場合、領内が危ない。

聖なるバリアは大軍の侵攻こそ防ぐが、個々の侵入には対処しきれない。

領内をかき乱されれば、損失は大きいだろう。

「言うことを聞かない場合は俺に言え。キッズの扱いは慣れている」

「いいえ、聞かせます。私も子供の扱いは得意ですので」

それは助かる。

どこまでも優秀なアザゼルに毎度感心させられる。

「ガブリエルにも使者を送る。そちらは適当な人間を見繕えばいい。少ない魔族は他にまわしたい」

魔族は数が少なく、優秀な奴ばかりだ。

ミナントとは友好なので、使者には適当な人間を送ればいい。事態さえ伝わればいい。

何か援助をして貰えればラッキーだが、最悪事態が伝わるだけでもいい。

ミナントとは今後も良好な関係を築いていきたいと思っているからだ。

「それですが、少しご相談が……」

「なんだ？」

アザゼルから聞かされた話は、驚きの話だった。

それって……。

俺の後世の評価ってどうなるんだろう？　いや、そんなことを気にしている場合か。

無事に生を全うできればいいか。……危機も迫っていることだしな、選択の余地はない。

「そっちにも人員を割いてくれ。全員連れてこい」

「はい、かしこまりました」

これまでも上手くやれたんだ。

きっとこれからも上手くやれることだろう。俺はそう願いながら、アザゼルの案に乗った。

四話――バリア魔法と怪しい男

アザゼルに秘密の大仕事を任せて、俺は屋敷へ戻る。

魔族の大半を動員しての仕事だから、屋敷は静かなものだった。

食堂を覗いてみると、そこにはご機嫌なフェイがいつも通りご飯を食べている。

今日も健康そうでよろしい。

そこには同席する、小太りの男がいた。そっちが少し気になる。

「ややっ、これは領主様。いない間に勝手に上がらせて貰い申し訳ございません」

立ち上がってあいさつしたのは、先日御用商人になりたいと申し出ていた商人の一人だった。

綺麗なまん丸い体には見覚えがある。

小突きたくなるお腹だ。

「我が上げておいた。こやつの話はなかなかに面白い」

そういえば、フェイにたかられていた商人がいたな。こいつか。

随分と懐が痛んだことだろう。

「お前か。先日はフェイがお世話になった。随分と痛い出費だったろう」

「いえ、いえ。あれしき……あっあ、あれしきでは……」

痛んでいそうだな!!

フェイのやつは人間の食べ物にやたらと文句を言うくせに、量はしっかり食べる。しかも舌が肥えていて、高級なものをしっかりと美味しいと判断するんだ。

高い酒も、高い食材も、的確に産地を当てながら飲食を楽しむ。で、最後に「まあまあじゃな」とか言うものだから、金を払う身としてはかなりイラッと来る。

けれど、結局このお嬢様には誰も逆らえないので、黙って財布の紐を緩めるしか選択肢はないのだ。

「悪いことをしたな」

けれど、その甲斐あってフェイには気に入られたんだ。

悪くない投資になったということで。

先日、フェイはこの小太り商人を有能だと褒めていた。

今日も屋敷に上げるとは、そうとうな気に入りようだ。

商人は物を見る目と人を見る目の両方が求められるという。

気に入ったものにはとことん熱を入れるらしいが、俺とフェイも気に入られたということかな？

フェイの側もこの商人のことを気に入ってしまったようだし、取り入るのも才能というわけで評価しておこう。

「名前は？　以前にも聞いたが、興味がなくてすぐに忘れた」

申し訳ないが、毎日来る有象無象の連中の名前など覚えていない。

この地位に就いてからは特に人と会う機会が増えて、どうでもいいやつは、すぐに忘れるようにしていた。

「顔だけでも覚えていただけていたことを感謝いたします。名は、ブルックスと申します。扱う品は多く、高い品質と安いお値段で商品をお売りいたします」

顔で覚えていたというよりは、まん丸い体で覚えていたという……。

「扱う品は多いか」

俺はヘレナ国に未練はないのだが、育った児童養護施設で食べていたミカンがとても好きだった。

実は結構過酷な幼少期。おかげで逞《たくま》しくなれた。

そのミカン、酸味が強く、皮が硬いんだが、これがなんとも癖が強くて強烈に頭に残っている。

忘れられない思い出の味だ。

未練というほどのものではないが、食べられるならまた食べてみたい。

「ヘレナ国王都で食べられているやっすいミカンを仕入れられるか?」

「品種を言って貰えれば」

「うーん」

知らん。おそらくどこでも手に入る安いミカンだろう。

品種なんて意識したこともない。

「わからん」

「はあ、でもお探ししておきましょう」

「頼んだ。金なら払う」

やすいミカンだが、思い出の味ってやつは格別の味がするんだ。

たまに、あの酸っぱさを体が無性に求める。ギュッと口をすぼめてしまうようなあの酸味がたまらん。

「お主らも仲良くなって良かったわい。こやつ、ブルックスというのか。我はフェイじゃ、よろしくな」

「あっはい、ぞ、存じ上げております」

知らなかったのか……。

凄く親しそうだったから、名前とかだけでなく、もっと深いところまで知っているものと思っていた。

今更自己紹介していることに、ブルックスも戸惑っているじゃないか。

「そうそう、こやつは海でも商売をするらしいぞ。商船をいくつか持っておるらしい」

「ああ、そうなのか」

「馬鹿たれ。そうなのかじゃあるまい」

ん？　どういうことだ。

少し理解が遅れる。

……ああ、なるほど。少し間を置いて、答えが出た。

ここはミナント、しかも東の領地ミライエ。エルフの島には最も近い場所だ。商人は情報にも強い。

「ブルックス、エルフと交易したことは？」

「ええ、何度かありますよ」

「こやつの話は結構知識に富んでいておもしろい。語らせるにはちと酒が足りんの。マリー、酒を持ってこんか！」

こいつは理由をつけて酒が飲みたいだけ!!

フェイが声をあげて、侍女を呼び寄せる。

まあいい。確かに話が長くなりそうだし、俺も椅子に腰かけた。

働き者の侍女マリーが急いで酒を持ってきて、フェイのグラスに酒を注いでいく。

俺とブルックスにも高級なお酒を注いでくれた。

この健気な侍女は毎日忙しく働いているのに、体調も崩さずによくやってくれている。フェイの無茶な要求にもたまに応えているみたいだし、本当によく頑張っている。

それでいい。フェイの言うことはよく聞くように。

100年後はこいつが支配する世界なので、このまま真面目に働けばマリーの子孫だけには良くして貰える可能性がある。

マリー、健やかに頑張るんだぞ。

「いつもご苦労様」

「あ、ありがとうございます！　領主様こそいつもご苦労様です。シールド様がこの地にいらして以来、良いことだらけです」

「そうか。それなら良かった」

恭《うやうや》しい態度で下がっていったマリーはまた忙しそうに他の仕事に戻っていった。

あの選別を生き残った人材はどうしてこうも有能なのか。軍もかなり優秀だと聞いている。

恐ろしい日だったけど、こんな穏やかな日が来るならあの日の犠牲もありだったな。なんてことを思ってしまう。いかん、いかん。死の領主を自分で肯定してしまっている。

「さて、酒も来たことだし、いろいろ聞かせて貰おうか」

フェイがあれだけ褒めていたんだ、楽しませて貰うことにしよう。

自治領主を退屈させるなよ？　御用商人になりたいなら、俺にも気に入られろ。

「えー、どこから話したものですかね。初めてエルフから金をだまし取ったところから行くとしますかな」

……なにそれぇ。

気に入った!! すんごい面白そう!!

酒を口に含んで、飲み込んだ。つまみにも手を出す。

「商売に失敗して借金をしてしまいましてね。ミナントじゃ悪名が流れていましたから、これは新しい商売の道を探さねばと思ったのです。ウライもヘレナも、少し遠いイリアスも商売敵が多いので、海を渡った先にいるという伝説のエルフなんてどうだろうかと思ったわけです」

なるほど、目の付けどころは面白いが、エルフは聞いたところによると無欲っぽいじゃないか。

商売人ともっとも縁のなさそうな連中だ。

そんなリスクは承知の上で、ブルックスは一世一代の勝負に出て、海を渡ったらしい。

エルフの島に無事たどり着き、彼らが聞いていたエルフとは少し違うことを知ったとか。

それが20年前の話なので、既にダークエルフの影響が島に浸透しつつあるときだったのだろう。

彼らが何を欲するか調べた結果、エルフたちは夢薬草《ゆめやくそう》という少し危険な薬草を求めたらしい。多くの草木を養うエルフだが、そういう危険なものは敢えて育たないようにしていた。

ダークエルフの支配する現実から逃れたかったんだとさ。眠っている間だけ幸せな夢を見られる代わりに、命を縮めることでも有名な薬草だ。

そんなものの仕入れ先も知らないし、仕入れる金もなかったブルックスは、飛び切り香りの強いハーブを仕入れて、またはるばる海を渡りエルフに売り渡した。

その時に大量に金を巻き上げて、商人としてやり直したんだと。

とんだ詐欺師だった。

商人なんてみんな多かれ少なかれ汚れ仕事をしていると自己弁護していたが、詐欺に変わりはない。

けれど、妙に面白い話だ。クスクス笑いながら聞いていたことは黙っておこう。

エルフは金こそ失ったが、危ない薬に手を出さなくて結果良かったかもしれない。

「お前、図々しい上に、逞しいな。そういうやつは嫌いじゃないぞ」

「のう、言うたじゃろう。これはなかなかに面白い男じゃ。叩けば、まだまだ面白い話が出てくるぞ」

名前も知らなかったくせに、フェイが知った顔でブルックスを自慢する。

ブルックスの武勇伝はまた今度聞くとしよう。

「ところで、その話を信じるに、ブルックスはエルフの島への行き方を知っているな？」

「ええ、幼少より海とともに過ごしてきましたので、一度行った航路は忘れません」

なるほど。これまたいい人材を得たかもしれない。

ダークエルフどもめ、変な矢の魔法を使うかもしれないが、やりあうなら受けて立つ。

俺は負けない。バリア魔法がある限り、負けられないんだよな。

何もこちらが待つことはない。最悪、こちらから打って出てもいい。その選択肢が与えられたのだから。

「ブルックス、さっき言ったミカンを仕入れて持ってこい。そしたらミライエの御用商人の座はお前にくれてやる。商売人にとって権力者と結びつくのはこの上なく美味しい話だろう？」

「はい、ありがたき幸せ。必ずや仕入れてみせましょう」

情報は少ないが、俺の過去を辿ればその安いミカンにもたどり着けるだろう。

有能なところを見せてみろ。これはいわゆる最終試験みたいなものだ。

豊満なボディをゆっさゆっさと揺らしながら、ブルックスは急いで仕入れに向かった。働き者だな、あれは。

新しい一手に打って出られる可能性を得て、俺は少しご機嫌だった。

酒をもう一杯飲む。

飲みすぎは良くないが、バリア魔法は胃や腸に膜のような形で張れたりもできる。最悪それでアルコールをブロックするというずるいやり方もある。

バリア魔法はやはり最高である。

五話——バリア魔法と懐かしの記憶

「すっぱ。まっず。かった。なんだこれ」

果物で顎が疲れたのなんて、いつ以来の体験か。

「領主様、これは違いましたか……!?　誠に申し訳ございません」

大慌てで謝罪してくるブルックスは、今日もまん丸と太っており、ほっぺがてかてか輝いていた。

これだけ健康的に太れる人を、俺は見たことがない気がする。

お腹をタプタプさせるように手で少し叩いてみた。柔らかい。守りたいこの麗しのボディ。

「いや、合格だ。まさに俺が望んでいたのは、これなんだよ」

この酸っぱさ、まずさ、信じられないほどの皮の硬さがたまらない。

記憶の中で美化していたか心配していたが、そんな心配はいらなかった。

これは正真正銘くっそほどまずい懐かしのミカンだ。だがいい。

俺がバリア魔法を鍛え上げていた地味だが黄金のように輝く日々の記憶が蘇る。

そうだ、この感じだ。

俺がバリア魔法の物理反射や魔法反射を思いついて改良した日々の感覚がここに戻ってくる。この史上最強に硬くすっぱいミカンのおかげで！

「領主様の出生を辿り、これだと予測して仕入れました」

「最高だ。お前は使える人間らしい。これから更に力を発揮してもらう。忙しくなるぞ。ただで大きな利益を得られると思うな」

「はっ、ありがたき幸せ」

その感謝が後悔に変わらないことを祈る。

ここは死の領主の館だ。無能は追放され、裏切り者は首が飛ぶ。有能は仕事が増える。ぐふふっ。なんて愉快で素敵な場所だろう。

「とりあえず、お前が指揮して軍船を増やしてみろ。海の男だろう？」

「お任せください。そちらの情報にも精通しております」

それは心強い。さっそく仕事を任せてみた。

「金は気にするな。それとうるさいかもしれないが、子供を二人ほど連れていってくれ」

「子守ならお任せください。我が商会にはそういう人材も揃っております」

少し勘違いしているようだ。

そんな簡単な仕事を俺が任せるとでも？　悪いが、ここはそこまで甘いところじゃないぞ。

金を好きなだけつぎ込んでやるんだ。任せる仕事もでかいに決まっている。

「そういうことじゃない。軍船の件だが、その子供二人と相談して作り上げてくれ。わがままを言われるだろうけど、良いものを期待しているぞ」

「は、はぁ……」

困り顔のブルックスは、事情を理解しきれていない。

まあ話して聞かせるより、見せたほうが早い。

ブルックスを伴って、ダイゴの元に向かった。

今日もキッズたちは廊下に響き渡る声で騒いでいた。ただ元気なだけならいいのだが、天才どもが騒ぐとなんだか嫌な予感がするのは俺だけだろうか。

扉を開けた先には、広い室内が魔道具と、魔石と、バリアで埋め尽くされていた。

積み上げられたバリアの上に座り、お菓子を貪《むさぼ》っているのがアカネ。

夢中で魔石をいじくりまわしているのがダイゴ。今日も失敗を積み重ねたらしく、顔じゅうに傷がついていた。

そして、バリア魔法を練習し続ける少女が一人。先代領主の忘れ形見、ルミエス・ミライエもなぜかこの場にいた。

キッズが３人……。そりゃ地獄の煩さにもなる。

「あっ、シールドじゃん。ここ最高だね。アカネ毎日がすんごい楽しいよ！」

それは何よりだ。怒らせたら何をするかわからないという意味では、フェイに似た怖さを覚えるアカネが、この地を気に入ってくれて何よりだ。

その大きな要因がダイゴだろう。この二人は性格面で相性が非常に良い。

「領主様!?　このような場所にわざわざご足労いただき、ありがとうございます」

今日も礼儀正しく、物腰の低いダイゴは俺のお気に入りである。

頭をよしよしと撫でておいた。

嬉しそうにする顔が可愛らしい。キッズの中の良心。救い。正義。

それに比べて、アカネは未だに俺のことをただの同僚だと思っているし、片やルミエス・ミライエは俺のことを睨みつけている。

ミライエの地を、魔族と共に陥れようとしていると妄想している少女だ。俺を敵視している。まあ、間違っていないので、否定はしない。むしろこの領地の現状を一番正しく認識できているのが彼女かもしれない。

そうです、ここはもはやドラゴンと魔族のものとなりつつある領地なのです。

俺が現れたというのに、再びアカネとルミエスは魔法を繰り広げて遊んでいた。

アカネがレーザー光線のような魔法を放ち、それをルミエスがバリア魔法で防ぐという訓練風のお遊び。

「ねえ、シールド。この子のバリア凄いよ。シールドほどじゃないけど、アカネのバリアよりも頑丈かも」

「ほう、それは興味深い」

生意気に魔法を教えろと豪語してきたから、適当にバリア魔法だけ勉強してろ、とあしらったのは随分前のことだ。バリア魔法を訓練させているのは、完全に俺の趣味から来ている。

あれから本当にバリア魔法だけを訓練していたのか。

若い故か、それとももともとセンスがあったのか、確かにいいバリア魔法を構築している。

評価すべきだろう。

「ルミエスのバリアは本当に凄いんです。到底領主様には及びませんが、面白いバリアを使います」

面白いバリアと聞いて興味が湧いた。

アカネとのやり取りを見てみると、バリアの強度が弱いからか、バリア自体に属性を追加している。

魔法の属性には相性があるので、瞬時にアカネのレーザー光線がどの性質かを見抜いて、それと相性の良いバリアを作り上げているみたいだ。

確かに面白い。非常に器用に魔法を使う。センスがあるんだろうな。

もともといろんな魔法の適性があるからできうる芸当だな。

……おもしれー。

才能溢れる魔法使いに、ひたすらバリア魔法を覚えさせるのって、おもしれー！

俺のサド心に火が付いてしまった。自分にこんな一面があったとは驚きだ。

「ルミエス、お前には今後もバリア魔法を学んでもらう！」

「ふざけんじゃないわよ！　そろそろ他の魔法も教えなさいよ。私は先代領主の忘れ形見、学ぶ権利はあるはずよ！」

「黙れ。お前の生殺与奪の権利は俺が握っている！」

ありとあらゆることは学ばせてやる。なんの制限もない。成人するまでの面倒も見てやる。他国へ留学したいと言うならそれもよし。

ただし、魔法に限ってはバリア魔法に限定させて貰う。ここでは俺が強者。俺の言うことは絶対だ。今後もバリア魔法以外は学ばせない。

……だって、面白いから!!

「アカネは魔法の天才だぞ。ダイゴもいたのに、隠れて習わないお前が悪い」

人は学ぼうと思えば、どこでだって吸収できるはずだ。機会を逃したルミエスが悪い。そういうことにしておこう。

「この子は天才すぎてなに言ってんのかわからないし、ダイゴは魔族のくせに碌に魔法を使えないのよ！　どこから学べばいいのよ！」

アカネのレーザー光線を捌きながら、ルミエスは不平不満を口にする。

必死な顔してバリア魔法を繰り出す姿が良い。なんとも良い。

くくっ、面白すぎる。

面白いから、やはりこのままバリア魔法だけを学ばせておこう。

「ブルックス、悪い。もう一人引き取ってくれ。何かの役に立つかもしれん」

「はい、もちろんでございます」

ブルックスと３人を面会させた理由をここで述べておいた。

これは壮大な計画になる。金も時間も、人も沢山動かすことになるだろう。

けれど、ミライエが飛躍する一歩になるはずだ。

「これから対ダークエルフ用に軍船を増やす。そこにダイゴのオートシールドを付けてほしい」

一度見せて貰ったオートシールドの性能は素晴らしいものがあった。あれから更に改良が進み、アカネの魔法知識も合わさって恐ろしいものができつつあると聞いている。

人に装備するのはもちろんすでに実用化目前だが、あれは軍船にも応用できると思っている。

それができたら無敵艦隊の誕生も夢ではない。

「どうだ？　やれそうか？」

「領主様をがっかりさせないように精一杯やります」

健気だ。

大仕事をする際にいつも置いて行かれるダイゴだが、別にアザゼルに評価されていないわけではない。

今回託した秘密の仕事で力を発揮できないから残しているだけで、ダイゴにはダイゴの貴重な才能がある。

それを活かしてやるのが俺の仕事だ。

「アカネ、お前も行け。ここの海は楽しいぞ。船に乗ったことないだろ？　お前」

「うん！　楽しそうだし、ダイゴが行くならアカネも行く！」

「よし」

ヘレナ国王都には海なんてなかった。

俺も引きこもり生活だったが、アカネも似たようなもので、毎日魔法の本を読んでいた。

夢中になりやすい人間は得てして生きている世界が狭かったりする。

海どころか、湖すら知らない気がしていた。

キッズは海と聞いて行かないわけがない。所詮はキッズなのだ。海の魅力には抗いようもない。

ブルックスの役に立ちつつ、せいぜい楽しんでくるがいい。仕事さえしてくれれば、海で遊ぼうが何しようが自由だ。

「ルミエス、お前も付いていけ。ダイゴに求められたバリアはお前が制作するように」

「……わかったわよ」

ふん、可愛いやつめ。嫌がっているそぶりを見せているようで、海と聞いた瞬間から目を輝かせているのは知っている。キッズの扱いは簡単で大変よろしい。

「領主様、お言葉ですが、ルミエスのバリアは発展前の段階です。領主様のバリアのように、なんでも防ぐというのは……」

「システムが完成したら俺がバリアを刷新する。それまではルミエスのバリアで試行錯誤してみろ」

ダイゴは俺にやたらと遠慮しているからな。要求があっても言ってこない可能性がある。それを考慮すると、ルミエスのほうがやりやすいだろう。キッズ同士でやってくれたほうが気兼ねなく動けるし、良いものができる気がした。

「仕上げは俺がやる。責任も持つ。好きなように動け」

人の上に立つ者としての発言ができた気がする。

ポイント稼ぎが今日も上手くいっているんじゃないだろうか。

「結果を楽しみにしている」

「はっ、お任せください」

「かしこまりました」

ブルックスとダイゴに大きな仕事を任せ、そろそろ動きがありそうなアザゼルのほうの報告を待つことにした。

六話――バリア魔法の進化

吉報が舞い込んだ。

オリバーとカプレーゼが大捕り物だ。

動員していた軍で、先日の生意気なダークエルフを捕らえたとのことだ。

俺の首を掻っ切る仕草をして挑発してきた、矢の魔法を放つダークエルフだ。

手を出すまでもなく部下に捕まるなんて……最高だ。ざまぁ！

「よくやった。その無礼なダークエルフを俺の前に連れてこい」

錠をはめられて俺の前に投げ出されたダークエルフは、間違いなく先日のやつだった。

屈んだ状態で俺のことを見上げてくる。敵意満々だな。

両手の枷を踏みつけてやり、ニチャアと笑い、言ってやる。我ながら悪人だ。

「よう、俺の首はまだ繋がっているぞ」

「くっ」

かっかかか。高笑いが止まらない。部下が有能だと上は楽で良い。

ふんぞり返っているだけで、欲しいものが目の前に差し出される。

「ほう、やはりダークエルフは凄まじい魔力量じゃの」

フェイが珍しく飯以外に興味を持ち、ダークエルフを覗き込む。

頬っぺたをツンツンして、なにか見たことのない食べ物を触って確かめている感じだ。

「え……」

自分で考えておいて驚いたのだが、まさかこいつ本当に食べるつもりじゃないよな？

まあ、別にいいけど、せめて情報を絞り出してからにしてくれ。あと、俺がいないところで頼む。

将来食べられる予定なので、どんな感じで食べられるかは知りたくない。怖いから！

「ほっぺが柔らかいぞ。人間の赤子のようじゃ。ほれ、お主も触ってみんか」

感想がそれか。

「触らねーよ」

なんで好き好んで男の頬っぺたを触らなきゃならないんだ。

目の前のダークエルフは美形の男だが、男の頬っぺたを触ってキャッキャウフフするなんてお断りだ！　断固拒否する！

「こやつら、肉が食えんと聞いたが、本当かどうか試してみんか？」

「変なスイッチが入ってるぞ。良いから酒でも飲んでこい。こいつとは大事な話があるんだ」

「なんじゃ。我も大事な話をしておるぞ！」

……なら仕方ない。

俺は急いでコックのローソンにステーキを焼かせて、ダークエルフに食べさせた。

この屋敷ではフェイの言うことは絶対である。

「普通に食べるじゃないか。なんじゃ、興味が失せたわ」

ステーキを美味しそうに食べるダークエルフを見て、フェイがようやく興味をなくしてくれた。

本当にその一点だけが気になってたのか……。

あいつの気まぐれ具合は理解できない。けれど、このくらい気まぐれなほうが、慌ただしい日々に、日常感が追加されて助かる。

エルフとのいざこざも、あいつを見てるとなんとかなるって気分になってくるから不思議だ。

「俺の領地は捕虜に優しいだろう？　素直に情報を吐き出してくれれば、お代わりも出そう」

「誰が貴様らなぞに」

鎖の錠で手足を縛られているというのに、強情なことだ。

ステーキを取り上げて、残りは俺が食べておいた。

「あーん。うんまっ」

「なっ!?」

情報を引き出すにはアザゼルに任せるのが一番だが、生憎とまだ戻っていない。

たまには俺なりのやり方でやらせて貰うか。

俺にも多少の心得はある。その技でわからせてやろうかと思ったとき、騒がしいのが戻ってきた。

ご機嫌そうなカプレーゼといつも通り陰鬱なオリバーだった。

今回の殊勲を立てた二人だ。

「シールド様！　褒めて、褒めて！　うちの手柄だよ。オリバーのやつ全然だめでさぁ、うちが一人で仕留めたんだから」

「本当か？」

「ええ、すみません。はずれを引いてしまいまして……」

オリバーも認めた。はずれか。オリバーは憑依相手を選べないからな。たまにポンコツを引くらしい。ポンコツを引いたときのオリバーはさぞ弱いんだとか。

以前オリバーとの戦闘で負けていたカプレーゼは、やはり腐ってもアザゼルの認める魔族の剣豪だった。一見すると軽薄なそこら辺にいる少女に見えなくもないが、憑依したオリバーだからこそ対処できた。普通の人からしたら、正真正銘の化け物である。

並みの使い手なら、あのスピードから来る一撃に耐えられない。

ダークエルフでさえこういう結果を迎えているのだから、カプレーゼの腕前の凄さが窺い知れる。

「よくやった。お前たち魔族は本当に優秀だな」

「やった！　シールド様に褒めて貰えた。後でアザゼル様に言わなくちゃ」

褒めてやるとカプレーゼはとても喜んでいた。

そういえば、こいつには仕事を任せっきりであんまり労《ねぎら》ってやったことがなかったな。きゃっきゃっと喜ぶ姿を見ると、相当嬉しいみたいだ。今度もう少し労ってやるか。

毎度感心させられる魔族の中で、唯一敗北スタートを切ったカプレーゼは、俺の中で無意識に評価が低かった気がする。それで少し素っ気ない扱いになっていたかもしれない。

「そうだ。戦闘の話を聞かせてくれ」

いい機会だ、じっくりと話を聞いてみたかった。

今後の戦いのためにも良い教訓を得られそうだ。

「えーとね、うちのスピードについてこられてなかったよ。矢の魔法は当たったら即死だったけど、当たらなきゃいいよね。建物を何個か犠牲にしちゃったけど、スピードで翻弄して距離を詰めたら楽勝だったよ」

楽勝か。流石だな。言うほど簡単なことじゃないが、簡単なことのように言ってのける。

「えっへー、ねえ凄い？　カプレーゼ凄い？　オリバーなんかより凄いでしょ？」

「そうだな。はずれを引くオリバーより安定感があって使いやすい」

「そっそんなー！」

隣でガクリとうなだれるオリバーもわかりやすい男だ。

飛び跳ねて喜ぶカプレーゼと絶望感に浸るオリバー。陰と陽のバランスが取れたいいコンビな気がしてきた。二人を騎士に任命して軍を預けたのは正解だったな。

「冗談だ、オリバー。お前も良くやってくれている」

「し、シールドさまぁ！」

鼻水を垂らしながらハグしようと迫ってきたので、頭を押しのけて拒否しておいた。

肝心の話がまだ終わっていない。

カプレーゼの報告では、説明のできない事象があった。

「こいつは建物越しに正確にエルフを狙撃してきたんだが、建物に隠れながらやり過ごせるものなのか？」

「ああ、それは最初に感じました。潜伏してもなんかバレてるなーって」

「ほう」

それを感じ取れるだけでも、カプレーゼも驚異の感覚を持っていると言える。

「匂い、音、魔力、どれに反応してるんだろうといろいろ試した結果、魔力に反応していることが判明したので、魔力を抑えたらバレませんでしたっ。エルフって魔力に敏感みたい！」

なるほどな。

俺たち人間も何となくだが、他人の魔力を感じ取ることができる。

特に強大な力を持った相手が、目の前で膨大な魔力を溢れさせているとビシビシと伝わる。フェイが怒っているときわかりやすいのは、魔力が膨張しているからだ。

その感度がエルフは強いのだろう。離れていても感じ取れるとは流石だ。

種族ごとに特技みたいなのがあって大変面白い。

「それで、魔力をどうやって抑えるんだ？」

今後の対策にもなりそうなので、カプレーゼに聞いておいた。

「どうって、こうですけど？」

すーと魔力を収める実演をしてくれたらしいけど、俺はそんなに魔力に敏感ではないし、全然説明になってない！

こうですけど？　できるなら初めから聞いてないけど！

くっ、これも天才の類か。

詳しく聞くだけ無駄だな。

「カプレーゼ。ダークエルフはこいつだけとは限らない。今後領内に潜伏したダークエルフが見つかり次第お前に対処してもらう」

「あいあいさー」

お調子者だが、根は真面目だ。

カプレーゼはダークエルフとの戦いにおいて切り札となり得る。

この双剣使いの魔族には盛大に働いて貰うとしよう。

「シールド様、俺にも仕事を、なにか仕事を！」

足元に縋りついてくるオリバーはなんとも見苦しい。

カプレーゼに手柄を独り占めされて心がやられているみたいだ。

「憑依であたりを引くんだな。そしたらお前にもダークエルフを任せよう」

「そんなぁ」

オリバーには冷たいが、大事な戦力を失う訳にはいかない。

それぞれ適性があるんだ。憑依のギフト持ちには、また別の機会を与えるとしよう。

「ところで、お話は終わりかな？」

カプレーゼの実力を知られて喜んでいる俺の隣で、物騒な声色が響いた。

目を離していたダークエルフがどういうわけか鎖の錠を断ち切って、立ち上がっている。

そんな怪力がどこに？　鎖の錠を見ると、斬られたような跡があった。

魔法か？　魔法が使われた形跡はなかったけれど……。

驚かされたのは確か。あれだけボコボコにされておきながら、まだ抗う気力があったとは。

しかし、声をかけた時点でお前は三流だ。

そっと静かにやる。そうでもしなければ、俺に魔法を当てることは叶わない。ま、それをされたところで体のバリアがあるから、なんともないのだが……。

「あれしきで拘束したつもりか。ここまで連れてこられたこと、むしろ好機。死ね、シールド・レイアレス！」

先日見た高威力の矢の魔法が、目の前で展開されていく。

あまりに近い。躱すことは不可能。しかし、躱す必要もない。

「「シールド様!!」」

慌てるオリバーとカプレーゼの声が聞こえた。

凄まじい魔力量の矢が、今にも俺に向かって飛んできそうだった。

前に感じた違和感を、今も感じる。

あの時バリア魔法で撥ね返せなかった矢の魔法がこうして間近に。

思考が高速に巡っていく。

そして、答えにたどり着く。

なるほど。これほど近くで見なかったら気づけなかったかもしれない。ヒントをくれたこと、感謝する。

矢が放たれて、一瞬で俺に迫った。

『バリア――魔力反射』

矢がバリアとぶつかり合い、屋敷内に衝撃波が生まれる。

壁に掛けた時計が吹き飛び、ガラスも割れる。凄まじい風圧が襲ってくるが、俺のバリアが負けることはない、肝心なのは……。

「なっ――!?」

「正解だったな」

矢が撥ね返され、その強大な魔力の塊である矢がダークエルフへと突き刺さる。

ダークエルフを飲み込み、突き抜ける。屋敷の壁も壊して、魔力の矢は遠くまで飛んでいってしまった。領地に突き刺さり、建物が何棟か倒れていた。

「まずい……」

情報を搾り取るはずのダークエルフが、魔力の矢によって跡形もなく消えてしまった!!　この世から!!

「シールド様、流石です！」

駆け寄ってくるオリバーとカプレーゼがパチパチと拍手を送ってくれる。心配もしてくれるが、俺はもちろん無傷。

前回、あの矢を撥ね返せなかったのは、あれが魔法ではないからだ。

魔法反射のバリアが効かないのは当然だった。

驚きだが、ダークエルフは魔力そのものを飛ばしてきている。なるほど、時間の暴力による魔力鍛錬と魔力に敏感なエルフだからこそできる芸当だ。

使う機会は多くなさそうだが、対ダークエルフ用の手段を、俺も手に入れることができた。

情報は失ったが、収穫は十分ということにしておこう。

それにしても……。

「また屋敷が壊れてしまった」

風のよく入る屋敷だ。気持ちのいい風が流れ込んでくる。

「新調する必要があるな」

思えば、これは俺の屋敷ではない。

先代領主のものを引き継いだものだ。

アザゼルに任せている件もあるし、そろそろ俺の屋敷を建てようか。

簡単に壊れない頑丈ででかいのが良い。

幸い金はある。アザゼルが戻ったら相談してみよう。

七話——バリア魔法と矛盾対決

ベルーガの操る角の生えた小鳥が俺に連絡を寄こす。

チュンチュンと可愛らしく鳴くその姿はとても美しい。見たことのない魔物だが、ベルーガの周りにはそういうのが沢山いる。強い魔物から、使い勝手の良い魔物まで、その数は計り知れない。魔物使いベルーガ。彼女もまた化け物の一人だ。

例のエルフが目覚めたらしい。

話を聞かないといけないので、早速外套を着込んで宿へと出向いた。

それにしても、アザゼルといい、ベルーガといい、可愛らしい小さな魔物を使役していて羨ましい。

俺も可愛らしい猫ちゃんの魔物とか使役したいのだが、体に張っているバリアのせいか野生の動物にはとても警戒される。もちろん魔物にはもっと警戒される。

飼い慣らされているペットなら嫌な顔されるくらいで済む。

地味にメンタルに来るんだよな。あの嫌そうな顔が。

それになんといってもバリア魔法しか使えない俺にとって、小さな魔物をどうやって使役しているのか全く原理がわからない。餌付けしながら徐々に教えるんだろうか……とか微笑ましい光景を想像するが、あの冷徹なアザゼルがやるはずもない。

想像したら少し笑える映像が浮かんだ。アザゼルが蝙蝠《こうもり》たちに餌付けか……。可愛い！

ベルーガはやりそうだけな。イメージ通りだ。

屋敷を出て、宿に向かう際に門兵が付いてこようとしたが、断っておいた。

こうして一人でどこかへ行くのは久々かもしれない。

といっても、同じ町の中の小さな宿だ。直ぐにたどり着いた。

宿の主人に手を振ってあいさつしておく。向こうは慌てていたが、来なくていいと軽く伝えて、105号室に向かう。修理費を弾んでやったので、宿はちょっとだけ豪華な造りになっていた。良いことだ。

前回いきなり入って女性の裸を見る事故が起きているので、今回はしっかりノックしておいた。小気味良い、頑丈な木を叩いた音が鳴り響いた。

「どうぞ、シールド様」

ベルーガには俺だとわかるらしい。

扉を開ける瞬間、部屋の外、廊下の突き当たり右に魔物気配を感じたが、あれはベルーガの使役している魔物だろう。姿は見えていないが、俺でも感じ取れる圧倒的な気配。魔族一の魔物使いであるベルーガが使役する戦闘向きの魔物か。いずれこの目で見てみたいものだ。

しっかりと護衛をしていてくれたみたいで、ベルーガは流石だと思った。

「シールド様、先に連絡した通りエルフが目覚めました。それと一つ謝っておかねばならないことが……」

「どうした？」

困り顔のベルーガが、少し言い淀む。

彼女ほどの存在が、困る事態？　俺は少しだけ注意して聞くことにした。

「オリヴィエ殿が昨夜より戻らないのです。何事もなければいいのですが……。私が魔物をつけておけば。まさか彼女ほどの使い手に必要とは思えず」

オリヴィエの失踪。

なぜこのタイミングで？

しかし、まずはベルーガを慰めたいと思う。

「お前が責任を感じることはない。謝罪も不要だ。オリヴィエに護衛が必要ないのは俺も同意見だからな」

それでも実際に失踪している。

彼女をどうにかできる生き物なんて、この世に俺の指の数ほどもいないだろう。

考えられるとすれば、やはりダークエルフ。それもかなりの凄腕になるだろう。

イデア本人がこの地に来ている？　それか幹部クラスが彼女の足止めをしているのだろうか。

それしか考えられない。

「お前も想定しているだろうけど、ダークエルフの襲撃があり得るな」

「はい、そうとしか思えません」

張りつめた空気が室内に流れる。

思っていたより、事態は進んでいた。エルフの支配者イデア、俺が想像しているより強大な敵なのかもしれない。まさかオリヴィエほどの魔法使いが……。

昨日、跡形もなく吹き飛ばしたダークエルフとは比べ物にならないほどの力を有している可能性も考慮しなければ。

「いいえ、それはありません」

横から声がした。

俺たちの会話に交ざってきたのは、ベッドに腰掛けたままのエルフだった。

先ほどまで横になっていたように見えたが、今は座り込んでこちらを見ている。

「もう起きて大丈夫なのか?」

「ええ、あなた方の介抱によって命を救われました。この御恩は一生をかけてお返しします」

おいおい、そんな簡単に言ってもいいのか?

エルフの一生は1000年だと聞くぞ。

そんな長い期間を俺たち人間のために費やすつもりか。お使いとか頻繁に頼んじゃうけど、いいの?

深夜に頼んじゃうぞ。

「感謝の気持ちは、お前を蘇生した人物に言ってくれ。といっても、今はいないんだけどな。一つ聞く。お前の恩人がダークエルフに襲われていないと、どうして言えるんだ?」

俺たちの考えを否定したからには、なにか知っているのだろう。

彼女のもたらす情報は大変貴重なものだ。ゆっくりでも全てを教えて貰う必要がある。

「ダークエルフはまだ私の追手しか動いていない情報を持っているのと、オリヴィエ様と私はどうやら繋がっているようです」

メンタル的な?

そういうポエミーな話は苦手だが、茶化す雰囲気でもないので腰掛けて真面目に聞いておいた。

「蘇生魔法というのは凄いですね。まさに命を繋ぎ留められた感じです。オリヴィエ様の強い魔力によって引き戻された私は、今や彼女と気持ちが通じ合うようです。彼女の感じているものが手に取るようにわかります」

不思議な話だが、蘇生魔法自体が常識はずれな代物なので、一概には否定できない。

むしろ、彼女の穏やかな表情から嘘をついているとは思えなかった。

だから、聞いてみた。

「それで、オリヴィエは今何を感じている？」

「……焦り、羞恥」

どんな状況!?　余計にわからなくなってしまった。

「俺にはわからん。どんな状況に置かれるとそんな感情が芽生えるのか」

あらゆるパターンが想定できすぎる。一つに絞るのは無理だ。

やはりオリヴィエの現状を知るのは難しそう。

「例えば、迷ってしまいそのことを自分で恥じている、とかでしょうか？」

ベルーガが考えられる可能性を口にしてみた。

確かに可能性としてそれはある。あるかもしれないが、あり得ない。

「あのオリヴィエだぞ？　万を超す魔法を使うと言われる天才オリヴィエが道に迷って帰ってこられないとか、ないないないない。天地がひっくり返ることはあっても、それだけはない」

「……それもそうですね。馬鹿なことを口にしました」

全く。頼むぞ、ベルーガ。

お前はしっかり者ポジションなんだ。

そんなお前が訳のわからぬことを口にしだしたら、いよいよ我々は終わりだぞ。

ボケとボケが組み合わさった先にはカオスしか生まれないんだ！

「オリヴィエの話はここまでだ。彼女がどうにかなるとは思えない。私用ができたと考えるのが妥当だろう」

「同意です」

「……おなじく」

満場一致。オリヴィエにはでかい借りができた。

彼女がいつそれを受け取りに来てもいいように、盛大なリターンを準備しておいてやろう。

いなくなったか。理由も告げず。少し寂しい気持ちはある。

ずっと彼女の気持ちを勘違いしていたのも申し訳なかった。

もっと早くに彼女の気持ちに気づいてやれば、俺はヘレナ国でもっと幸せに生きられたかもしれないな。

……いや、やっぱそんな未来はない。あいつ宮廷魔法師時代、滅茶苦茶無口だったもん。あれで気持ちに気づけってのが無理な話だ。

「さて、それでは肝心の話を聞かせてくれ。手紙を読んで粗方理解しているつもりだが、委細聞いておきたい」

「はい。……我々エルフは、今やダークエルフイデアの奴隷です。あなた方にもその危機が迫っております」

海を越えてきたエルフは、弱弱しい声色で、これまであったことを語ってくれた。

エルフの島では長いこと戦いが続いていた。

ダークエルフイデアが率いる軍勢に対抗すべく立ち上がったエルフたちの軍勢が、島の覇権をめぐって今尚戦い続けている。

しかし、その戦いは直に終わる。

イデアの圧倒的な力の前に、エルフたちは蹂躙《じゅうりん》され続けている。

支配を盤石なものにしつつあるイデアは、大陸に目をつけ、次にこのミライエを狙っていた。

反乱軍の一員であった彼女、エルフのリリアーネは大陸に危機が迫っていることを知らせるように仲間に託された。

唯一航海術を持つ彼女が託され、なんとかこの地にたどり着く。

航海の途中でダークエルフに追われた彼女たちは、リリアーネだけが生き延びて無事にフェイに手紙を託したのだった。

それにしても、託した相手がフェイでよかったよ、本当に。

あいつの強運には恐れ入る。たまたま飲んでいた場所でエルフを拾うって、どんな確率だ。

黄金のドラゴンにはやはり我々人間では理解できないものがあるみたいだ。

いきさつがわかった。やはり彼女は相当無理をしてこの地に来てくれたらしい。

「なるほど、追手が止まったのはそういうことでしたか。フェイ様とオリヴィエ様があの場にいたから、私の命が救われたのですね」

そういうことになる。

手紙を託したのがあの二人だったから、ダークエルフの追手は追撃をやめたのだろう。

そりゃなぁ。あんな化け物二人だ。魔力に敏感なダークエルフが戦闘を避けるのも無理はない。

人間の街に行ったら、いきなりラスボスと遭遇するような事故だ。少し同情する。

「イデアはおそらく、既にシールド様のことを知っておいでです。大陸の情報を集めておりますので」

「ダークエルフが入ってきたのは、何も最近ってわけじゃないのか」

「そうなりますね。……我々はもう戦いの日々に疲れました。森で静かに暮らしたいだけなのに。あなた方にも争いの日々を送ってほしくはありません。イデアとは戦わないことをお勧めします」

戦わないことを勧める?

ではなぜ、この地に命がけでやってきた。

俺たちに備えさせるためではないのか?

「イデアに領地をお渡しください。そうすれば余計な被害が出ることはないでしょう。戦ってしまっては、この地は焼け野原になってしまいます」

なるほど、そういう心積もりでやってきたのか。

しかし、せっかく貰った領地を簡単に開け渡すわけにはいかない。

俺は窓を開けて、領地の聖なるバリアを見せた。

自己評価と、ヘレナ国の評価が低かった聖なるバリア。しかし、最近になってその真の価値が判明しつつある。自慢のこいつをエルフに見せてやった。

「イデアの軍勢はこれを突破できるのか？」

「わかりません。しかし、イデアが破れなかった魔法を見たことがありません。彼は最強の攻撃魔法の使い手です。これまで見たどんな使い手よりも凶悪な魔法を使います」

それ、とても楽しみだね。

俺のバリア魔法と、最強の攻撃魔法、どちらが勝つかとても興味深い。

八話――バリア魔法と時間魔法

空飛ぶ魔族の一団を目にして、わが領民は何を思うだろう。

破滅か、変革か、少なくとも俺ならいい未来は想像しない。

死の領主たる俺は、また新たな一歩を踏み出したわけだ。

アザゼルに託した仕事というのは、大陸中に封印されている魔族の封印解除だ。

先の神々の戦争時に敗北したフェイたちは、異世界からやってきた勇者により順次封印されていった。

強大な力を持った魔族は、倒しきるよりも封印したほうが、コスパがよかったのだろう。そのツケを後世に託したようだけれど、後世の人類は何もしなかったみたい……。悪いな、勇者。俺たちは魔族の話どころか、神々の戦争についてすらろくに知らない愚か者だ。

３００年前の勇者の功績は無に帰し、こうして死の領主のもとに集った。

さあ、これから人間どもを滅ぼそう！　と俺が言い出したらいよいよ世界は終わりだ。

俺ができた人間でよかったな、世界。ふふっ。

自画自賛も終わったところで、アザゼルを探す。

連れてきた魔族は数百人を超す。最初に連れてきた二十数名からははるかに数が増えたわけだ。

こうなってくると、質と、制御が効くのか気になってくる。

明らかに反抗的な目で見られながら、魔族の間を歩いて、目的のアザゼルはどこかとあたりを見回した。

屋敷に入りきらないので、庭や屋敷の外にいて貰っているが、地面に座り込んだり、飛べるやつらは屋根の上や、塀の上に乗ったりしている。屯している不良状態だな。

てへっ。うまいことを言ってしまったな。

空を飛んで、アザゼル側から俺に近づいてきた。

「すみません、シールド様。まとめて連れてきすぎました」

「効率よく動けたってことだな」

大陸は広い。探す手間も考えると、短期間にこれだけの魔族を解き放てたのは非常に優秀と言えるだろう。

アザゼルから魔族を解き放つ作戦を聞いたとき、流石にどうしようか悩んだ。

しかし、直面している問題と、これまで魔族たちと築き上げてきた信頼関係を鑑みて、俺はＧＯサインを出した。

魔族を集めるだけ集めよう。

この地は、ドラゴンも、人も、魔族だって、そしてエルフも！　だれが来ようとも拒むことはない。そういう土地にしようと俺が決めた。

もう決めたので、だれにも文句は言わせない。これが死の領主のやり方。

「当分の間は軍の宿舎に入って貰います。先にここに来たのは、シールド様にあいさつをさせようと……」

律儀なアザゼルらしい行動だったけれど、結果的にマナーのなっていない賊のようになってしまった。

「申し訳ございません。このような状態になってしまい。すぐに引き揚げます。直、静まるかと」

「別にいい。ゆっくりしていけ。みんな長旅だったんだろう？」

ずいぶんな距離を飛んできたに違いない。

みんな器用に魔法を使ってきたとはいえ、疲労は相当溜まっているはずだ。

少し騒がしいが、この程度なんてことはない。

「えー、えー、えー、えー。長旅でした。そして、長い封印、長い時間の浪費でしたとも」

「ん？」

魔族をかき分けて、仮面をつけた一人の魔族が前に進み出てくる。

話し方も特徴的だが、歩き方も横にフラフラと揺れながら歩いており、異質さが見た目から伝わってくる。

目立ちたがり屋か、それとも。まあどちらにしろ、俺はこういうやつが嫌いではない。話を聞いてみよう。

「これが私たちの頭になる人間？　……納得いかない。えー、納得いかないとも。えー」

「下がっていろ、チクタク」

アザゼルが強い口調で、フラフラ歩く魔族をけん制する。

どこからともなくシルクハットを取り出したチクタクと呼ばれた魔族は、丁寧なしぐさでシルクハットをかぶる。

仮面のせいで顔が見えないが、その視線は強く俺を捉えている。

やる気だな。これは。言葉で済むとは思えなかった。

「申し訳ございません、シールド様。チクタクは制御しづらいとわかっていたものの、その特異な魔法に利用価値があると判断して連れて参りました。すぐに、黙らせます」

「その必要はない」

魔法を使用しかけたアザゼルを止めた。

腐敗の魔法を仲間に向けて撃つんじゃない。

黙らせる、なんてものでは済まないぞ。

魔族の再生力は人の比ではない。

初めてアザゼルと会ったとき、腕と翼を数日で再生させていた。

けれど、腐敗の魔法を自身で受けたときの、あの苦悶に満ちた表情は間違いなく痛みがあったはず。

そんな魔法を仲間に簡単に使われては困る。

「俺がやる。チクタクとやら、不満なのはわかる。弱いやつに従うのは誰だって納得いかないよな?」

「えー、えー。魔族の心をよく理解しておられる。では、どうやって我らを従える?」

「もちろん、力で!」

仮面の下に表情が隠れていようとも、お前が先ほどから戦いたくて仕方ない、好戦的な笑みを隠しきれていないのはわかっている。

ゲーマグといい、アカネといい、戦闘好きのやつらってのは、どうも雰囲気が似ている。

戦闘前からビシバシと危ないオーラを放っているんだ。悪いが、そういう連中には慣れている。

「えー。えー、やりましょう。それがいい。時というのは残酷。どんなに美しくとも、また強いものでも、必ず朽ち果てる」

詩的な魔族だな。

おそらく、今の言葉は魔法に関係するのだろう。最近強者ばかり相手にしてきたせいか、戦闘に入ろうとしている今も、妙に頭がクールでよく働いてくれた。

『時間魔法——超スロー』「1週間ほど止まっていなさい。その間に玩具にしてあげます」

『バリア——魔法反射』「お前がな」

空間を歪ませながら飛んできた魔法が俺のバリアとぶつかり合う。

特異な魔法でも関係ない。

魔法である限り、俺のバリアを突破できないものは、全て撥ね返される。

「えー、えー、あ?」

魔法が撥ね返り、理解が追い付かず首を少し捻るチクタクに直撃する。

フラフラした動きが一瞬にして止まり、凍り付いたように微動だにせず。

これが彼の言っていた時間魔法というやつか。

見た目じゃ、本当に魔法を食らっているのかわからない。

「1週間は指1本まともに動けないでしょう。対象物の時間をスローにする魔法です」

「1週間もこのまま?」

「ええ、このままです」

解説ありがとう。

アザゼルがそう言うならそうなのだろう。

恐ろしい魔法には違いないが、その力を俺に向けたのが悪い。

1週間ほど反省していろ。

アザゼルの言う通り、制御できれば強力な武器になり得る魔法だ。

「馬小屋にもでも運んでおきます」

「お前、意地悪だな」

アザゼルのアイデアに笑ってしまった。

「シールド様に逆らった愚か者です。この程度で済んだこと、感謝してほしいくらいですね」

確かに、アザゼルの腐敗魔法を食らって腕が腐り落ちるよりかは軽い罰だろう。

馬小屋に運び入れることを許可した。臭いだろうけど、そこで反省していてくれ。

チクタクとの戦闘は終わったが、まだ仕事は終わっちゃいない。

俺は大きく息を吸い込んで、辺り一帯に聞こえるように、大きな声で話し始める。

「俺はミライエ自治領主、シールド・レイアレス。お前たちを従える者だ！」

大きな声に反応して、騒がしかった魔族たちが全員こちらに注目した。

「文句のあるやつは全員かかってこい。今から俺がわからせてやる。前に出ろ」

少しだけ反応を待ったが、だれも出てこない。

チクタクとの戦闘を見た者もいるし、アザゼルが俺のもとにいるのも影響しているのだろう。誰もう逆らおうとは思っていなかった。

「いないな。じゃあ話を進める。俺はお前たちを支配するつもりはない。共存って言葉を知っているか？　俺にはお前たちの力が必要だし、お前たちには安寧の土地が必要だ。争って生きるのはもう嫌だろ？」

アザゼルやベルーガがたまに漏らしている言葉から、俺は魔族が好き好んで争っていないことを知っている。

歴史を紐解けば、魔族はその強力な力ゆえに人に恐れられ、迫害されてきた立場だ。

自分たちの身を守るために、神々の戦争を始めたことは、なにも加害者になりたかったというわけではない。

それぞれに事情があっただけのこと。

「働く者には、住処と金をやる。それで文句があるやつは、今すぐここを立ち去れ。ここは俺と、お前たちの住処になる場所だ。存分に生を謳歌していけ。文句あるか！」

ない――！！

どこからか声が飛んできて、次いで、魔族たちから歓声が巻き起こる。

一気にお祭りじみた空気になってきた。

３メートルを超す巨体を持つ魔族が進み出てきて、俺に近づく。

お？　今更やろうってか？

「おわっ!?」

そうではなかった。

俺を担ぎ上げ、肩に乗せた。

視界が高くなり、遠くまで見える。魔族たちの顔がよく見えた。

「シールド・レイアレス!!」

野太い声で、俺の下にいる魔族が叫んだ。

俺の名前が一帯に響く。

……恥ずかしいから、ほどほどで勘弁してくれ。

俺の気持ちなど知りようもない彼らは、しばらくお祭り騒ぎを楽しんだのだった。

魔族を大量に受け入れたこの日は、ミライエ、そして大陸の歴史に残る新たな一ページの幕開けとなった。


「ここはどこ!?」

ミライエ領主邸でめでたいことが起きていた日、オリヴィエはなぜか船に乗っていた。

それも巨大な商船の一室に。

「海!?」

波の音で、居場所を理解する。自分でも信じられない。

エルフの看病の休憩に市場に出かけたら、戻る道がわからなくなり、慌てて移動魔法を連発している間に疲れ果て、森で眠っていたはずだった。

「まさか、寝ている間にも無意識で移動魔法を!?」

それしか考えられなかった。

せっかくシールドに出会えたのに。またもやはぐれてしまった。

オリヴィエは、自分に悲しいまでの天性の方向音痴さがあったことを、今更自覚し始めていた。

オリヴィエの、シールドと会えない日々がまた始まった。

{ 第二章 }

異次元の戦い

九話――バリア魔法と新しい土地

「アザゼル」

「なんでしょう、シールド様」

「ここ、狭くね？」

「……狭いです」

以前から感じていたが、この屋敷は少し手狭だ。

ただ暮らすぶんには全然事足りるのだが、何せ暮らしている連中が規格外だ。

フェイが起きぬけに扉を壊す音を聞くのはもう勘弁していただきたい。

「どっせーい！」

と掛け声が共に聞こえてくるので、故意にやっている可能性もある。頑丈な扉が早急に必要だ。

ダイゴがいないので、屋敷の穴の開いた箇所は木の板で簡易修復している状態だし、ところどころガタが来ているのも放置している。そろそろ限界を感じる。

そもそも、ここは先代領主の館であり、俺が建てさせたものじゃない。

新しい家が必要だ。この建物のセンスも好きではない。

ちょうど人も増えつつある。

せっかくだし、城だけでなく、新しい街ごと作ってやろう。

「街を作るぞ。ミライエは今や独立した領地。首都が必要だ」

「開拓が進んでいる地域になさいますか？」

地図を広げて、アザゼルがミライエの北西部を指した。

そこらへんはすでに実際に見てある。フェイとの旅路でたまたま見かけたが、悪くない土地だ。

これから開発を進めるにはいい場所である。

しかし、首都には少し物足りない規模でもあった。

「ここだ」

俺はミライエの北東部を指し示す。

海に面した土地で、北に位置するウライ国と接する土地でもある。

ここには、広大な平地が広がっているはず。海にも面しており、川も流れている。

人が住むには最適な条件に思える。

これから大きな街を作るには最適の広さだ。

でかい城を建設してやろう。

頑丈で簡単に壊れないものがいい。

「改めてみると、不思議ですね。こんな平地がなぜ放置されていたのでしょう？」

ミライエの領主邸がある街から山脈を一つ越えた、北東方面にある土地。

確かに、今まで放置されていたのが不思議な土地だった。アザゼルが首を傾げるのも無理はない。

俺も少し考える。

「もしかして、この平地ウライ国まで続いてないか？」

ミナントだけの地図から、大陸全体の地図へと変更した。

先ほどより詳細な情報は少ないが、この地図によると確かにこの地には山脈がない。確実とはいかないが、平地がウライ国まで続いていた。

つまり、国境が平地となっているのか。

他国と陸繫がり、それも歩いて簡単に渡れるんじゃ、そこに大きな街を作りづらいのはわかる。しかし、それは今までの常識である。

今は新時代。昔の不可能は、今の不可能にあらず。俺がいる限り、平地が続いても問題はない！

一度、下見をしておくか。

「アザゼル、この地に一度行ってみたい。馬を出せ」

「馬よりももっと速いものがございます」

「ん？」

「すぐにご用意いたします。外でお待ちを」

外套を着て、屋敷の庭で待っていた。

アザゼルめ、面白い魔法を見せてくれるに違いない。

バリア魔法しか使えない俺にとって、こういう未知の魔法を味わえる瞬間ってのは、かなりわくわくしてしまう。

あの格好良さ満点の蝙蝠に包まれて移動できたりするんだろうか。一度やってみたかったんだ。

蝙蝠包まれ移動魔法。

くぅー、しびれるぅ。

俺の期待とは裏腹に、先にやってきたのはアザゼルではなかった。

ベルーガがやってきて、甲高い音のする指笛を鳴らす。

空から何かが近づいてくる。凄まじい風切り音がして、空から巨大な生物が3体舞い降りる。

「おわっ！」

つむじ風が巻きおこった。

砂とか草が目に入りそうだったので、腕でカードして目を細めておいた。

「これは……」

「私の使役するグリフィンです」

獅子の体に、鷲の頭、白く美しい巨大な翼を器用に動かしながら、グリフィンがベルーガに甘える。

顎を撫でてやれば、気持ちよさそうに声を漏らしていた。

手慣れたものだ。爺が見かけたらびっくりして死んでしまってもおかしくないほどの迫力。彼女は恐れるどころか、子猫のようにあしらっていた。

「シールド様、この子に乗って視察に参られてください。最速の子です。乗り心地も保証いたします。アザゼル様はすぐに到着するかと」

蝙蝠の魔法はなくなったけれど、代わりに最高の乗り物を用意してくれたものだ。

とおっ！

グリフィンに飛び乗り、背中にしがみついた。モフモフしていてあったかい。どっしりとした力強さは、こちらに安心感を与えてくれた。

「どわっ」

何かが気に入らなかったのだろう。

グリフィンが暴れて、俺を振り落とす。しがみついていられず、振り落とされた。

地面をゴロゴロと転がって、倒れるが、体の周りにバリアがあるのでダメージはない。

「すっすみません！　シールド様!!」

慌ててベルーガが駆け寄ってきた。

焦燥感に満ちたその顔は、この展開を全く予期していなかったためだろう。

「あわっわわわ、普段こんなことする子じゃないんです。あの子はグリフィンの中でも最も優秀なはずが……」

謝らなくて大丈夫だ。原因はわかっている。

「いや、俺のバリア魔法が原因だろう。これのおかげで身を守れるのだが、野生動物とか魔物に嫌われちゃうんだよな。なんか、嫌なんだろうな」

「我慢させます。もう一度チャンスをお与えください」

いや、それではグリフィンがかわいそうだ。

俺も気持ちよく飛ぶこいつらに乗りたいし、体のバリアを解除することにした。

俺の体を守るバリアを解除したのはいつ以来か。

なんだかいつも当たっている風が、少し違うものに感じる。

……ていうか、なんか恥ずかしい。

服を着ているのに、なんだか裸でいるみたいな感覚だ。

ちょっ、変なところ見えてない？

ねえ、大丈夫だよね!?　本当に見えてないよね!?

だいぶソワソワする。

「シールド様が最後のバリアを……。私は他の仕事を任されておりましたが、こうなればご一緒します。何かありましたら、わたくし奴《め》が必ず肉壁となってお守りいたします」

大げさで、生真面目なやつだ。ま、そこが好きなんだけどな。

「気にするな。それに自分のことを肉壁だなんて言うな。むしろ、お前たちはいつだって俺が守ってやる」

バリア魔法の届く範囲は、全て守る。

心配されるほど、俺のバリア魔法は脆くないぞ。

それに、言い出せる雰囲気じゃないから言わないが、本当の切り札はまだあるんだよな。体を守るバリアが最終ではない。ごめんね、用心深い性格なんだ。

アザゼルと二人きりの視察から、３人での視察になった。

ベルーガがいることで空気が和むので、来てくれたことに感謝する。

アザゼルもベルーガも無口なタイプで、好んで雑談をするタイプでもない。

どちらかと一緒にいるときは基本シーンとした空気が流れる。アザゼルはそれに加えて完全無欠な魔族なので、見ていてもあまり面白みがない。その半面、仕事では有能なベルーガだが、結構おっちょこちょいなところがあって観察していて楽しい。

今も空飛ぶ鳥にエサをあげようとして、別の鳥にエサ袋ごと奪われていた。

悲しんでいる顔がなんとも面白くて、退屈しない。

グリフィンの飛行速度は本当に速くて、それに加えて風から身を守るベールを纏う彼らの乗り心地は非常に良い。

こんなにすばやく移動できて、疲労感のない乗り物は初めてだった。高級だ。ＶＩＰなお気持ち。

目的地に到着する。予定よりかなり早い。

地面に降り立って、感謝の気持ちを込めて、グリフィンを撫でておいた。

「お前は優秀だなー。ベルーガが信頼するだけはある」

１回の飛行ですっかり心を許してくれたグリフィンが、俺の胴体に頭を擦《こす》りつけてくる。

「ぐるるぅ」

めっちゃ可愛い!!

これは癒し！

ずっと撫でていたいが、今は仕事をせねば。

高地に着地した俺たちは、開発の行き届いていないこの平地を見回した。

ルミエスとここを隔てる山脈の麓に小さな村が点在する、平和な土地だった。ルミエスはミライエの中心都市だ。年中温暖な気候で、西と南に延びる交易路の中継地点として発展した街である。東は海に面しており、北には大きな山脈が聳《そび》え立つ。北風を防ぐ役割も持つその山脈を超えた場所がそう、ちょうどこの位置になる。

そして、肝心の国境付近だが、やはりウライ国とつながっている。

地平線が見えるほど広い平地だ。

ウライ国のどこまで繋がっているのだろうか。大陸の地図で想像するに、かなり広いとみていい。

「ここに決まりだな」

「ええ、やはり恐ろしい力だ」

「素晴らしいです、シールド様！」

俺たち3人の目にはあれが映っている。

国境となる平地には、綺麗に聖なるバリアが張られている。

外敵を拒むように堂々と存在する聖なるバリアが日差しを浴びて、曲線的な輪郭をはっきりとさせていた。

平地が続いていても問題はない。これがある限り。

この地を首都にする！

もう少し東に行けば、海もある。川にもきれいな水が流れていた。

完璧だな。領地を覆うように作った聖なるバリアは、ずれなく国境の上に佇んでいる。自分の領地だから丁寧にバリアを張った甲斐があったというものだ。

山より高く、海よりも深い、それが俺の聖なるバリア。

今はウライ国と友好的な関係だが、今後何かあったとしても聖なるバリアがある限り、この地に敵が踏み入るのは不可能。

ここに俺の新しい城と街を作る！　決定だ。

金と人材は集いつつある、さっそく明日から着手するとして、最後に資源とかいろいろ見て回りたい。

ここは想像していたよりも恵まれた土地みたいだ。

アザゼルが歴史書を紐解いて、ウライ国とミナント建国時に大戦があった土地だと判明してもいる。それ以来人がほとんど手を付けていない土地らしい。

その期間、実に１００年余り。

ここは宝箱だ。貰った土地の価値をさらに見出して、俺は気分よくグリフィンに跨った。

「さあ、全部見て回るぞ。せっかく来たんだ。見落としのないように！」

「はっ」

「シールド様、楽しそうですね」

「そうか？　そう見えるなら、そうかもな」

平地は地盤もしっかりしており、ダンジョンが数か所ある。

冒険者を動員するか、俺自身が攻略してダンジョンを閉じておくかかな。

ダンジョンはダンジョンボスと魔物を一掃することで閉じることができる。

街を作るなら、この地にダンジョンは不要だ。

海のほうも見てきた。

「あらっ」

海港にふさわしい海じゃないか。

海が深く、港にするには最適だ。

またも掘り出し物が！　少し魔物がちらほらと見える……。厄介だが、なんとかなるレベルでもある。

それにこの豊かな海には、魚が数多く泳いでいた。

漁業も盛んになる。そんな未来が見えた。

「決めた、城は海に隣接させるぞ！　俺の執務室から釣りをする！」

「……お控えください」

「……シールド様」

珍しく二人から苦言を呈された。

ごめんなさい。これに関しては反省しておきます。

十話――バリア魔法と街計画

本格的な地盤調査が進んでいく中で、街づくりの計画を立て始めた。

思ったよりも大きな街になりそうで、流石に領主の資金だけでは賄えそうにない。

「うーむ、困った」

税金を上げるのはだめだし、一時的に徴収するのもなし。

死の領主たるもの、人の首は刎《は》ねたりするものの、金は取り上げない。モットーはあるのだ、一応。

金は足りず、実は人員も足りない。

資材は何とかなりそうだが、軍船のほうに人も物資も優先的に回している現状、やはり街づくりが遅くなってしまう。

急ぐものでもないが、どうせなら早めに欲しい。

新しいものが手に入ると思うと、ワクワクが抑えきれない。

「仕方ない。金があるところから巻き上げるか」

「それがよろしいかと」

アザゼルに、首都建設の情報を市民に流させることにした。

ミライエでは地価が上がりすぎている問題が以前からある。

新しい街、しかもミライエの中心となる街ができることで、地価の上昇を抑えられる気がした。

新しい街の土地の価値が上がれば、相対的に他の需要が減るからだ。

やはり仕事の速いアザゼルは、たったの数日で首都建設情報を領内のもっともホットな話題にしてみせた。

予想通り、上がりすぎた地価は数日で効果が出て、収まりつつある。

このまま経過を待てば、適正とはいかないまでも、今の異常な価格は抑えられるだろう。

そして、時を待つことなく商人どもが食いついた。

日ごとに大物商人が屋敷を訪ねてきては、首都についての情報を求めてくる。

この展開を望んでいた俺は、情報を与えるとともに、彼らに先行的に土地を購入する権利を与えた。

購入する土地の広さに制限はありつつも、どの区画を選ぶかは任せる。

ただし情報は一部出さずに。

俺の城がどこに立つか、メインの通りはどこを通るか、交易の中心地はどこになる予定か、それら全ての情報を伏せておいた。

別に意地悪しているわけではない。

そこを見抜くのも商人の腕の見せどころだろう？

土地を理解し、有利な場所を見極める。最悪ハズレを引いても自身の商売で頑張ればいいだけだ。

運もあるにはあるが、運も実力のうちってことで。

「どうだ？　権利を買っていくか？」

訪ねてきた商人たちに、一様に同じ条件を与えた。当然かもしれないが、全員食いついた。

安くない買い物だ。結構ぼったくった価格といってもいいほどに。

ただし、確実に土地を得られるのと、開発前に選べるというメリットは当然ある。

こうしてまんまと作戦は成功し、ものの数日で大量の資金が集まった。

人望を失うことなく、むしろ一部商人には感謝さえされ、資金を得ることができた。土地は多少失ったが、まあいい。領主ばかりが土地の権利を持っていては不健全だろう。

「それにしても……」

「これは面白い」

ものの見事に商人どもは海付近の土地をかっさらっていった。

俺が大きな港を建設すると踏んでいるな？

くっそー、吹っ掛けた価格だったが、これだけ海沿いを押さえられるともう少し金を取れた気がする。

もちろん最低限の海沿いの土地はこちらも押さえているが、軍船を管理する土地が少し手狭になるかもしれない。

「逆に山沿いに街を建ててやりましょうか」

アザゼルが意地悪なことを口にする。

ひどいやつだ。けれど、面白くもある。

首都を建てる予定の土地名は、先の建国時の戦争名にもなったサマルトリア。

サマルトリア戦争を経て、ウライ国とミライエが建国された歴史ある土地だったりする。

北にはウライ国まで入る、広く続く平地があり、東に港に適した海がある。

南に大きな山脈があり、その山脈を越えた先に俺たちがいる街がある。現領主の街ルミエスだな。

あの生意気な小娘と同じ名前だ。先代領主め、街の名前を娘につけるなど粋なマネを。

その優秀で大事な忘れ形見は、現在俺にバリア魔法を習わされています。（笑）

西には森や荒野が広がり、そこを通り抜けるとアルプーンの街へと続く。以前少しお世話になった田舎街だ。

うーむ、暮らしやすい土地だが、条件を考えると少し難しい土地でもある。

森や荒野を開拓するのは可能だが、南の山を切り拓くってのはきつくないか？

アザゼルの意地悪な案に乗ってみたい気もするが、サマルトリアの南を中心地にするってのは、現状無理がある。

改めて地図を開いて見てみる。

交易路を考えると、北はウライ国。しかもウライ国側も北の平地を開発していないどころか、ざっと上空から見た感じミライエ側よりも人が住んでいない気配があった。

北への経路を使う商人はいるかもしれないが、死んでいる道も同然。

東は海。俺が港を作ると踏んでいる連中からしたら、一番の交易路になるだろうな。

西は切り開けるには切り開けるが、その先にあるのがアルプーンの街じゃあな……。

アルプーンの北にはまた山脈があり、ウライ国への交易路は死んでいる。

北は死んでおり、西は田舎のアルプーン。東の海は鼻の利く商人どもに押さえられた。

これまでミライエ商人たちは、アルプーンの更に西にあるミナントの領地へリオスを通って北のウライ国と商売するか、南に下ってミナントの中心地へと行っているかだ。

主にこの二つのルートを使われる。

現状だと、サマルトリアから南へ行くには港を使うしかなくなる。山脈があるからな。人の流れが死んでしまう。

少し考える。

「アザゼル。勝負に出るか」

「考えがおありですね。お聞かせ願いますか?」

俺は計画の全容を話した。

これがうまくいけば、サマルトリアは本当の意味ででかい街になる。

首都の名に恥じないいい街になるだろう。

「面白いです。計画に役立ちそうな男がいます」

「誰だ?」

「先日シールド様を担ぎ上げた男を覚えていますか?」

ああ、覚えているとも。

体長3メートルを超す巨体のあいつだろ?

忘れるはずもない。

あの後に催した祭りで、フェイの次くらいに食べていたのもあって、よく覚えている。俺はよく食べるやつを見ると、昔の記憶が戻ってきて少し恐怖するんだ。路銀のなくなるあの旅を……うっ。

だから顔もよく覚えていた。

「覚えている。覚えているとも」

「資金と人員を回して貰えれば、その男、エルグランドを中心に回せる計画かと」

いいね！

やはり魔族は最高だ。

文句は少なく、仕事量は多い。

有能で非常に使いやすい。

「金ももっと入る予定だ。そして人員にも当てがある。これで行こう」

「ええ、さっそくエルグランドを寄こします」

「頼んだ」

アザゼルを遣いにやって、そして俺は悪い顔で笑った。もう少し商人どもから金を巻き上げることができそうだ。

最近領内に流れ込んできている大物商人ばかりを屋敷に通していたが、少し格を落として幅広い商人に土地を買う権利を与えた。

即日で金を用意できるなら、成金でも、多少信頼がなくとも通した。

もちろんベルーガセンサーに引っかかった者は首が飛ぶ。

三つほど飛んだらしいが、俺のいないところだったので死の領主の汚名はこれ以上悪くならない！　俺がいない場で起きた処刑は、俺の汚名にならないはず！　セーフ！

「くっくく。あっははははは」

計画を握っている身としては、なんとも愉快な結果だ。

ものの見事にほぼ全員海側である東を選んでいた。

海岸沿いはびっしり押さえられ、当初は城建設予定だった場所も売り渡した。……釣りはあきらめるか。

別に彼らをだましているわけじゃない。

港は建設してやるし、高値で買い取った彼らも10年もすれば元が取れるだろう。おいしい投資には違いない。

けれど、残念。

そこじゃないんだよな。中心は。

アザゼルとエルグランド、そして俺で計画の詳細を詰めて行く。

エルグランドは細かいことは苦手みたいで、説明にはついてこられていなかった。

実務担当にしておき、軍の人間を一人引っ張ってきて補佐につけた。頭の切れる女らしく、オリバーのお墨付きだ。使えそうなのが人間側にもいて助かる。

「おや、これは？」

首都サマルトリア建設予定地の地図には、現状と計画、そして商人たちに売り渡した土地を記録しているのだが、アザゼルが目ざとく一つの印を見つけた。

南側、山脈に沿った地点、場所はほぼルミエス領主邸真北に位置する土地を、一人押さえているポイントがある。

「発見したか。一人、気づいたやつがいる。一人というか、一家だな、あれは」

「まさか貴族の者ですか？」

「さすが」

言い方を変えたからだろう、アザゼルはまたもピンポイントに正解を言い当てる。

商人に紛れて貴族も今回の話に食いついてきた。それもかなりおいしい条件で。

「先見の明もあるし、何より条件がおいしかったためその地をくれてやった。サービス付きでな」

土地は自由に選んで良いと言ってある。

選ばれた後でそれはないなんて言えない。ここを選んだその才能を評しておまけ付きで土地を分けてやった。

なにより、俺の計画はまだまだある。この程度のサービスは痛くも痒くもない。

「どうせ後日また来る。その時にお前も同席しろ。面白い話を聞けるぞ」

「楽しみに待っております」

「おおっ!!　女神よ！　よくぞ我らをお救いなさいました」

大時化《しけ》の中、剣を高々と掲げるオリヴィエは、またも女神と呼ばれてもてはやされていた。

雨に濡れ、雷の光を浴びる彼女は、本当に人ならざる存在に見えた。

その強さと相まって、神々しさは人々の信仰を得るには容易《たやす》かったかもしれない。

オリヴィエが迷い込んだ船は、ただの商船ではなかった。

ミライエから人をさらい、ミナントの首都へと売り渡す闇の奴隷商船だったのだ。

何の因果か犯罪組織を一人でつぶし、またもや神扱いされる彼女は、空気感的にここから去れなくなっていた。

奴隷になった人たちを放っておけば、港にたどり着くかどうかさえわからない。

助けたからには最後まで面倒を見てやる必要があった。

「……なんで私、こんなことに」

オリヴィエの伝説がまた一つ増える。伝説が増えるのは素晴らしいことだが、シールドとは当分会えそうにもない。

十一話――バリア魔法と山の力

ブルグミュラー家の者が、ボロボロになりつつある我が屋敷にやってきた。ところどころ床がぬけるから気を付け給え。

軍船の開発と新しい街計画で、今の屋敷の修繕は後回しになっている。

木の板で修繕した壁からは風が入るが、幸い今日は天気が良く心地よい日差しが入ってくる。前向きにとらえていこう。

ベルーガが付き添って、貴族の夫婦を通した。

こくりと縦に頷くベルーガのサインは、この二人に悪意はないという意味である。

悪意があったら本当に困っていた。

なんたって、この二人はミライエの南側の領地の貴族。いわば隣人だ。隣人は愛さねば。

首を刎ねるようなことがあれば、事件どころの騒ぎではない。

「あら、風通しの良い部屋ですわね」

強めのウェーブ髪で、美しいドレスを着た奥様が皮肉めいた言葉を投げかけてきた。

お恥ずかしい限りです。本当に。少し顔を伏せておいた。

こんな部屋で招き入れないといけないとは……。他の部屋はもっとひどいので、俺の執務室に通している。

二人は30代から40代の若き領主だ。俺はもっと若いので、そんな俺から若いと評すると違和感があるかもしれないが、俺が特例中の特例なので今回はカウントしないでおく。

いかにも貴族然とした二人は、あいさつから、座る仕草まで丁寧なことこの上ない。

前回の来訪以来、イメージが良くなる一方だ。マナーの大事さを二人から教わった気分だ。

「お二人ともまた来ていただいて光栄だ。それで、今日は何用かな？」

前回の話がまとまって用事は済んだはずだが、二人からまた訪ねてくるという言伝を貰っていた。

思わせぶりな様子だったが、何の件かわからない。

「一応、前回の話を反故にされないかの確認と……」

そんなことをすれば俺の信用は地に落ちるだろう。

今後、似たようなことをするときに、誰も力を貸してくれなくなる。

そんなリスクを負うくらいなら、素直に取引しておいたほうが賢明だということは俺にだってわかる。

「そんなことはしないから安心してくれ」

「では、本題に」

今度は旦那さんが主導権を握り、懐から羊皮紙を1枚取り出した。

そこには美しい女性が描かれており、どこか二人に似た面影がある。

なんだろう、傍にある紅茶を口に入れ、彼らの言葉を待った。

「娘です。シールド様がお気に召せば、貰ってやってください。器量の良い、できた娘です」

「ぶっ!?」

俺は口に含んでいた紅茶を少し噴き出してしまった。

まったく、なんでまた急に。

「こ、断らせて貰う。あいにくと最近は忙しくて、そういうのは……」

「初心な領主様でしたか。時代の先駆者はどんな方かと思っていましたが、意外と可愛らしいですわね」

奥様、隙あらばからかおうとするのはやめていただきたい。

「娘のことが欲しくなったらいつでもおっしゃってくださいな。もちろん2年以内という期限付きですが」

あっはい……。貴族の婚約は武器になるというが、これほどまで露骨に使ってくるとは恐ろしい。立派な貴族だと評価しておくか。2年後は娘を他にやるというリミッターまで。なんとしっかりしたことだろう。

「では本題へ。建設予定の首都、そこの見学の許可を出していただきたいのです」

「見学を？」

「ええ。先に下見をしておきたくて」

自信に満ちたその顔は、やはりいい土地を確保したという余裕からくるのだろうか？

自らの領地を持つ貴族がわざわざ俺の領地を欲しがるのは、何か大きな利益が見込めるからに他ならない。

ま、好きにやらせておく。

なにせ、こちらはブルグミュラー領の出入りを自由にして貰い、港の利用も許可して貰えた。今後、我が領民がブルグミュラー領の出入りが自由になるし、行商の自由も約束して貰っている。余計な関税や制限がなくなると、かなり活発な交易路になることだろう。相手もうまみがあるが、うちとしてもうまい話だ。

そのうえ、確保した土地で行う商売の利益は我が領地の税金となって、結局は俺のもとに集まる。なんともおいしい話だ。

「どうぞ。許可を出しておくから好きにしてくれ。ただし、まだ整備しきれていない土地だから、危険を覚悟のうえで頼む」

「もちろんですとも」

ブルグミュラー夫妻は許可状を貰うと、嬉しそうに夫婦で抱き合った。

その姿もどこか所作が美しい。なんか背景に薔薇が飛んでね？

「ふふっ、シールド様。再度申し上げますが、我々にあれだけいい土地を渡したこと後悔なさらないでくださいまし？　時代の風雲児に嫌われるのは、こちらとしても都合がよろしくないので」

計画通りいけば、現領主邸のあるルミエス、さらにはブルグミュラー領を通り、ミナントの中心都市まで続くあの土地はかなり重要なものになる。

「もちろんですよ」

何度も言うように、一度交わした約束を反故にすることなどない。

それに、俺にはまだ切り札がある。

「見当外れでしたら申し訳ございませんが、シールド様ほどの方ともなると、もしかして北への交易路を作る予定ですかな？」

これには驚いた。

この夫婦は流石と言わざるを得ない。

ブルグミュラー家の領地は栄えていると聞いていたが、この夫婦あってだろうなと思わせてくれる。

「もうそこまで見抜かれているなら仕方ない。現地に行ってみるといいです。山を切り拓く予想も立っているんでしょう？　我々は南だけでなく、北にも新しい道を切り開く予定です」

「あらあら……」

奥様が扇を取り出し、口元をふさいだ。少し笑っているようにも見える。

なんだ、その意味ありげな言動は。

まさか、何か見落としている？

ブルグミュラー夫妻が知っていて、俺の知らないことがある。確実にそうだろうと思わされる一連のやり取り。少し嫌な汗が流れてきた。

話が終わり、二人は足早に我が屋敷から立ち去っていった。

まさか、一杯食わされたか？　俺の計画に穴でもあった？

考えてばかりいても答えは出ない。

一応アザゼルに歴史書を再度調べなおさせ、俺とベルーガは現地に赴いた。

開発中のサマルトリアの南には、すでにエルグランドと軍からやってきた補佐のミラーがいた。

ミラーはオリバーの推薦で送られてきた軍の人材だ。魔族の選別を潜り抜け、その後も活躍しているからかなり使える人材なのだろう。

サマルトリアの南の山脈は、エルグランドの土魔法によって既に切り拓かれつつある。

計画通りだ。

山脈があるなら切り拓けばいい。そういうことができる部下がいるんだ。

ここに通れる道を作ることで、人の流れを作る。見せかけだけの首都ではなくなり、港以外の交易路もできるわけだ。

「ほー」

上空から見下ろすと、なおのこと絶景。

エルグランドの巨体と、力強い魔法があってこその光景だな。

北を見ておく前に、二人の様子を一度見ておきたい。

俺が近づいてくるのを見て、ミラーが敬礼する。まったく、どいつもこいつも堅苦しいほどにまじめだな。そういうやつは好きだけど。

グリフィンから飛び降りると、魔法で山を切り拓くエルグランドと、地盤を固める作業員たちが見えた。まじめでよろしい。

今回は山道を通れるようにする作業ではない。

山脈に穴を開けて、平地の通路を作る壮大な計画だ。

多くの人員を導入しているが、何よりもエルグランドの土魔法なしには成しえない大掛かりな仕事。

「シールド様、こちらは順調です。今日はどうなさいましたか？」

エルグランドへ計画通り指示するための大量の書類を手に持ちながら、ミラーが駆け寄ってくる。

「いや、別件で来たついでに様子が気になって」

「そうでしたか。エルグランドほか、魔族も人間の作業員もよく働いてくれております。魔族がこんなに働きものだなんて初めて知りました」

ミラーは少し尊敬の眼差しでエルグランドの背中を見つめる。土に汚れたその体は、仕事人らしい格好良さがあった。

「みんな黙々と働くんですよ。楽しそうに。聞いていた話とはだいぶ違います。魔族は恐ろしい生き物だって聞いていたのに」

そういえば、領民の声を直に聞いたのは初めてかもしれない。

厳密にいえばミラーは配下の者になるが、それでも領民の感情と似た部分はあるだろう。

彼女同様、魔族を勘違いしている人はまだまだ多そうだ。

時間をかければ、魔族と人が一切問題なく、垣根なく暮らせる都市ができるのかもしれない……。

そんな夢物語を思い描くのも素敵だな。

「ここが順調で何よりだ。これから人員と設備をどんどん投入する。ここの実質的な責任者はミラー、お前になる。ここがうまくいけば、騎士の座も用意してやれるかもな」

「わっ私がですか？　そんな、滅相もございません！　恐れ多いことです」

オリバー一押しの人材だ。

それに、この場でもしっかりと頼られているみたいだし、人望もある。ふさわしいポジションだと思うけどな。

「先の話だ。一応頭の片隅にでも入れておいてくれ」

「はっ、光栄です」

何度も敬礼し、頭を下げるミラーに別れを告げて、目的のウライ国との国境へと赴こうとしたところで、地響きがした。

地震!?

大地が揺れている。しかし、その原因は目の前の山脈にあった。

雪崩だ。

山頂にたまった雪が土砂と混ざって、すさまじい勢いで斜面を流れてきている。

「シールド様！　土の壁を作ります。オデの後ろに避難を！」

エルグランドがやらかしたといわんばかりの慌てた表情で駆け寄ってきて、急いで魔法で壁を作ろうとする。

「まあ、待て。ここは俺に任せておけ」

エルグランドを引っ張り、俺の後ろに移動させる。他の作業員たちも全員俺の後方に移動させた。

巨人が地を叩くような轟音と振動が続く中、雪崩と土砂が迫ってくる。

飲み込まれたらひとたまりもないだろうな。全滅……そんなことが容易に想像できてしまう。

「シールド様!!」

『バリア――物理反射』

全員を守るように張ったバリアと土砂の混じった雪崩がぶつかり合う。

バリアとぶつかり徐々に勢いが弱まり、直後に山に向かって大量の雪崩と土砂が撥ね返った。

土と雪が凄まじい勢いで撥ね返り、木々を倒し、大地を少し平らにしながらこの惨事が収まる。

崩れて流れる大地は迫力があったが、どこか爽快な景色でもあった。

ふぃー、危なかった。

「なんて、力……これがシールド様……」

口を開いたままミラーが青白い顔で立っていた。

もう大丈夫だぞと声をかけても、まだ気が動転しているようだった。しばらくどうしようもなさそうだな、これは。

「すまん、少し急いでやってしまったばかりに」

エルグランドが謝罪をしてくる。

計画通りやっていたらこんな事故はなかっただろうけど、俺がいたからラッキーってことで。

「いいんだ。またよろしく頼むぞ」

「はい、頑張ります」

今度こそ計画通りにとミラーに言い残して、俺とベルーガは目的地へと向かった。

十二話――バリア魔法と英雄の遺産

「んー?」

わからない。何が問題なのか俺にはわからない。

空からサマルトリアの地を眺めてみるが、俺には普通の土地に見えてしまう。

「ベルーガ、なにかわかるか?」

ここは優秀な部下に頼るべきか?

「いいえ、しかし何か異常な魔力量を感じますね」

なんだろうか?

俺には何も感じられない。

こういうところなんだよな。自分の魔法のセンスのなさを感じるのって。

才能ある魔法使いってのは、独特の感覚を持ち合わせているらしい。

俺が感じ取れなくて、ベルーガに感じ取れる何かがあるのだろう。

目の前に広がる平地と、地平線を見渡すが、景色がいいこと以外に感想がない。

あっ、太陽が沈みかけているな。感想が二つあった。

国境付近まで歩み寄る。

聖なるバリアが俺の前に展開されている。

手を差しのべると、バリアを貫通できた。

聖なるバリアは人の通行は自由自在だ。

ただし、武器、魔の効果を持つ道具、兵器はこのバリアを通れない。他にも魔物や危険度の高い生き物も阻む。

悪意のあるものでも丸腰なら通れる仕様なので、完璧に領地を守れるわけではない弱点はある。

関所では、商人たちの物流を妨げないようにところどころバリアのない箇所を作っている。それはヘレナ国でもこのミライエでもやっていることだ。

もっと完璧に防ぐものを作れるが、バリアに隙がないと人と物の流れが止まってしまう。

完全に空気を遮断したら人が死ぬのと同じように、バリアで全てを遮断してしまったら領地は死んでしまう。

外敵には強いが、通ること自体はとても簡単。それが聖なるバリアだ。

バリアを久々に通り抜ける。

バリアの制作者である俺は全ての条件を無視して通ることができる。といっても、その特別がなくとも、今はなにも制限にひっかかるものなどないのだが。

「ふむ」

やはり何もない。

国境を越えたが、異変なし。ブルグミュラー家の夫婦のあの笑いは、単なる俺の思い過ごしか？

しかし、気掛かりはあった。

「なぜ誰もいない」

今更だが、国境付近に誰もいないことが気になった。

そういえば、ミライエ側にも国境を守る兵がいない。最初からいなかったから、俺の代になっても手を加えていないが、思えば不自然だ。

こんな平地の国境だというのに、両国ともに警備兵なし？

やはり異常だ。

勝手に侵入して悪いが、俺はヘレナ国側の土地を歩いた。

何かがあるとしても、観察しているだけじゃわからん。

恐れず歩いてみよう。

『カチッ』

「あ」

なんか、踏んだ。

足元に強烈な熱を感じる。

次の瞬間、地面が爆《は》ぜた。

「どわっ!?」

暴風と立ち昇る土煙とともに、爆発が俺の体を宙に吹き飛ばす。

「シールド様‼」

爆音の中ベルーガの声が聞こえてきた。

「近づくな！　俺は無事だ！」

なんとか聞こえるように声を張り上げた。

自分でも信じられないほどの大声が出た。おかげでベルーガは聖なるバリアを潜らず、その場で立ち止まった。

吹き飛ばされた宙で体勢を整えて、重力に素直に従い大地に着地した。

実戦経験が多くてよかった。バリア魔法の修行段階で多くの魔法を食らってきたからこそ、こういうアクシデントに容易に対処できる。

ま、落ちても体のバリアがあるから大丈夫なんだけどね。

グリフィンに乗るときに毎度解除しているが、用心深い俺は降りるとすぐにバリアを張りなおす。

今回も体のバリアに守られた。自分のまめな性格に感謝だな。

それにしても。

「これは……」

地面に何かが埋まっている。

ベルーガが感じていたという異常な魔力量の正体というのはこれだったか。

なぞの爆破魔法が地中に埋まっている。それも、凄まじい威力のものが。

「まさか」

これがこの平地に無数に埋まっている？

……考えたくないが、あり得ない話じゃない。むしろ、今の状況を考慮するに、その結論が自然な気がしてきた。

そりゃ警備兵も必要ないし、ここを通ろうとする人間もいないわけだ。

「な、なんじゃそりゃあああああああ」

俺の声がこの広大な平地に鳴り響いた。

納得いかない俺は、頭では間違いなくそうだと思いながらも、あたり一帯を駆け回った。

「あびゃー!!」「どびゃー!!」「あれー!!」「うそーん!!」「いやーん!!」

吹き飛ばされること10回ほど。流石の俺もあきらめた。

吹き飛ばされ、倒れ、土まみれになった俺は、生まれたての子鹿のような足取りでミライエの領地になんとか戻る。

「……帰るぞ、ベルーガ」

今あったことは見なかったことにしてほしい。

満足しました。反省もしました。醜態をこれ以上なく晒しました！

格好良くグリフィンに乗った俺は、体のバリアを解除し忘れてグリフィンに振り落とされた。

「あびゃー!!」

「シールド様!!」

格好のつかない一日でした。

グリフィンの高速飛行を終え、屋敷に戻って、風呂に入った俺はアザゼルの報告を待った。

難しい書物も読み解くこの男は、やはり期待通り俺の欲している答えを届けてくれた。

「どうやら、シールド様には及びませんが、かつての人間にも天才がいたようですね」

面白そうな話だ。

紅茶を飲んで体を温めつつ、報告を聞いた。

時は100年前まで遡る。

ウライ国とミナント建国時、領土を争っていた2国だったが、戦争は物資と人数で勝るミナント側優勢で決着がつきそうになっていた。

ミナントの勝利、ウライ国の敗北。誰もがそのように予想した戦争の結末だったが、たった一人の魔法使いが全てを変えてしまった。

戦争終盤にウライ国側に現れたのが、ボマーを自称する天才魔法使い。

爆弾の魔法を自在に操る彼は軍の指揮権を貰い、ミナントの進撃を抑える案を考える中で、奇策を思いつく。

サマルトリアの平地半分に、爆弾魔法を仕込む。

それも地中深くに。

自軍の多くの反対も押し切って、ボマーはこの計画を一人でやってのけた。

ウライ国側も踏み入れることができなくなる代わりに、ミライエの進軍も今の国境を境に止《とど》まった。

戦争を止めた天才の一手。

戦争を終わらせた救国の魔法となったが、今じゃ彼の魔法のせいであの地は人の住めない土地のままだ。

土地の条件で交易路も死んでいるので、誰も手を加えようとせず、サマルトリアの平地は長い間放置されていたわけだ。

「あちゃー」

両手で顔を覆った。

我ながら完璧な首都計画だったが、こんな見落としがあったとは。

甘い、なんたる甘さ！

自分の脇の甘さを再確認させられる事件だった。

「ボマーはウライ国では英雄扱いらしいですよ」

「そりゃな、敗戦濃厚の祖国を救ったんだから」

国全体を失うより、国境付近だけを失ったほうが何倍もお得だ。それにしても、とんでもない遺産を残してくれたものだ。

ミナント側の俺らだからこそ知らなかった情報。

いや、ちゃんと調べれば最初から判明していたかもしれない。くー、痛い。このミスは痛すぎる。

しかし、終わりではない。そんな気もしていた。

窓の外を眺めて、少し考えた。

どうすべきか。

答えは決まっているな。

あきらめるという手はない。

「アザゼル、ウライ国側に出向くぞ。事前に連絡を頼む」

「シールド様、自らですか？」

「ああ、お前もついてこい」

「はっ」

ブルグミュラー夫妻が俺を笑っていたのは、これを知っていたからだ。

しかし、完全に詰みというわけでもない。

ウライ国側の事情次第では、これはまた大きなビジネスになり得る。

俺とアザゼルが直に出向いて損のない話だ。

準備をしていると、珍しくフェイが姿を現した。

仕事の席にはめったに姿を現さず、酒の席にはいつもいるフェイが、どうしたことだろう？

きっと良からぬことに違いない。

「どうした？」

なんだか、ただならぬ気配。

こんなにまじめな顔をしたフェイは久々に見る。

「軍船を作らせている連中のところに行ってくる」

ここから南東に進んだ港だ。

仕事こそあれ、フェイを楽しませるものはないはずだが……。

「別にいいけど、何かあるのか？」

「なあに、面白いことが起きそうなだけじゃ。お主はお主のやりたいことをやっておけ」

「お、おう」

背中越しに手を振って、フェイが立ち去っていく。

いつものだらしない背中ではなかった。少し、格好いいと思ってしまうようなオーラがあった。

姉御……。

なんだろう、同時に少し怖い雰囲気も感じたが、何をしに行くのか見当もつかない。

「……フェイ様のあんな顔、久しぶりに見ました」

アザゼルが額に汗を浮かべて、こわばった表情をしている。

「おいおい、物騒なことを言うな」

あいつが珍しいことをするかもしれないって、それだけとんでもないことになりそうだ。勘弁願いたい。港、大丈夫だよな？　ぶっ壊されないよな？

「ウライ国への渡航、中止にするか？」

フェイに時間を使ったほうがいいかもしれない。だって、あれは歩く災害なので。

「いえ、フェイ様がああ言っているのです。何も問題はないのでしょう」

気になるが、確かにフェイを心配する必要はない。まあ、俺が心配しているのはうちの港とか、開発中の軍船なんだけどね……。あいつを心配するやつなんて誰もいない。別に悪い意味ではなく、単純に心配いらないから、心配しないだけ。

「終わったら、何があったか聞いておこうか」

「話してくれるといいのですが。あの方は昔から陰で行った功績を他者に誇るような真似をしませんでしたから」

なんだ、あいつ昔は働き者だったのか？

信じられない過去だな。

今も実は裏で俺たちに見えない活躍をしてたり？

……いやいや、あり得ない。あいつはこの屋敷で唯一の無駄飯食らいなのだから。

十三話――sideバリア魔法の外でフェイが珍しくお仕事

面白いものが近づいているのを感じる。ゾクゾクとしたものが、体の芯に訴えかけてくる。

「ふっ」

笑わずにはいられない。

久々じゃ。胸の高鳴る相手は。

このまま放っておけば、どうせあのバリアバカに殺されてしまう。

こんな極上の餌を、うちのバリアバカに差し出すわけにはいかない。

幸い領地のことで忙しくしているみたいだし、これは我が一人占めじゃ。

「我の獲物じゃ。誰にも渡さん」

勢いよく服を突き破って、黄金の翼を出現させる。少女の体には相応しくない規模の翼だが、このくらいが一番速く飛べる。

背中の翼を羽ばたかせて、全力で飛んでいった。

屋敷の屋上から力強く飛び立ったため、またあのおんぼろの屋敷が少し欠けた気がしたが、まあ良い。どうせ、あれは直崩壊する建物じゃ。

……バリアバカにグチグチ言われる前に、見えないところまで飛んで行ってしまおう。

最近は食べることと飲むこと以外に楽しみがなかった。

それもこれも全てあのバリアバカのせいじゃ。

シールド・レイアレス。

人間とは思えない精度の魔法を使う。

この我が全力で魔法を放とうともびくともしないバリア魔法。あれは本当に魔法なのか？　という疑問すら生まれる。硬すぎるんじゃ！

神々の戦争時代、我の魔法は大陸を崩壊させる可能性があるとすら評されていた。

人間どもの怯える顔がいまでも忘れられん。

同族のドラゴンには恐れられ、魔族からは敬われ、人間どもが絶望に泣き叫ぶ……そんな我の姿が久しいのぉ。

今じゃ小童《こわっぱ》一人のバリア魔法すら突破できんとは。

いやいや、あまり自分を卑下することはないか。

あのバリアバカがおかしいだけじゃ。

とにかく、今は久しく訪れていない血湧き肉躍る戦いに飢えていた。

最近では、一方的な勝利と、一方的な敗北しか味わっていない。

一方的な勝利の相手はもう忘れた。なんかドラゴンと人間の魔法使いを倒した気がする。弱すぎていちいち覚えてられん。

一方的な敗北は決まっている。

シールド・レイアレスのバリア。あいつのバリアは堅すぎて、もはや意味がわからん。

未だにあれを割れるイメージが湧いてこない。

「腹立つのぉ！」

この溜まりに溜まった戦いたい欲を、迫ってくる強敵にぶつけねばな。

くくくっ、自然と笑みが漏れるわい。

音速で飛んでいくことで、すぐに港にたどり着いた。

急停止するとあたりにすさまじい暴風が巻き起こり、人間どもが騒ぎを起こしていた。

飛ぶだけで気象現象を起こす、これが我の圧倒的力じゃ。

「わっ。……あっ、フェイ様！　ご苦労様です」

「おう」

暴風に慌てることもなく、見上げてくる少年は魔族だ。地上で働く魔族のダイゴが見えた。

翼をしまい、港に着地した。

何をしているのか、少し様子を見ていくことにした。

港は少しばかり騒がしい。暴風のせいで船が何隻か転覆している。

「すまんな、我のせいで玩具がひっくり返ったな」

「いえいえ、すぐに戻りますので。ところで、フェイ様はどうしてこちらに?」

「遊びじゃ。お主らの邪魔はせん」

「そうでしたか」

一言二言交わすと、ダイゴは自らの仕事に戻っていった。

開発中の軍船とやらは、順調らしい。

全く、300年前には見られなかったものが次々に出てくる。

人間はこれが鬱陶しい。その圧倒的な数の力で、すぐに訳のわからんものを作る。

それに魔族の知識と技術が合わされば、本当に厄介なものになりそうじゃ。

何より……。

「ふーー!」

軍船に火を噴きかけてみた。

我の魔力に反応してバリアが自動で守りに入る。

正方形に切り分けられたバリアが船の近くに浮遊していて、魔法に反応する。

我の魔法でも壊せないバリアとなると、シールドのバリアに違いない。

こんなものが大量に作られたら、本当に面倒じゃ。

自軍なので何も言わんが、相手だったら厄介じゃな、と思う。

我ならおおしけを起こして転覆させるが、そうしたら今度は転覆しない造りにしてくるんじゃろうなぁ。

「人間は面倒じゃ」

器用で、小賢しい。数は減ることなく、絶えず進化しおる。

「ねえ、君も船が好きなの？」

突如後方から鼻を垂らした少年が声をかけてきた。

気安く声をかけおって。我を誰だと思っている。

「嫌いじゃ」

「そんな……。かっこいいのに」

船が好きな少年らしく、目を輝かせてダイゴたちが作っているものを眺めている。

こういう人間が将来、技術を引き継いで更に厄介なものを作っていくんじゃろうな。

これが、人間が大陸を支配し続けている理由か。

いっそのこと……。

「これ、あげるよ。僕もう行かないといけないから」

少年はポケットに入った飴玉をくれた。

全く、我をただの少女と思っておるな？　バカめ。

けれど、飴玉は貰っておく。

口に放り入れれば、甘酸っぱい味が口いっぱいに広がった。

「うんまっ」

まあ、いいか。

黒い感情がすーと引いていく。

別に最近は人間どもをどうこうしようとか考えているわけじゃない。

それに今日はＶＩＰ客がいる。こんなまずいもので腹を満たすわけにはいかない。

「おい、ダイゴ」

忙しく動き回っている魔族の少年を呼び寄せる。魔族どもは３００年前と変わらず我に従順じゃ。

「はい、フェイ様」

ひっくり返った軍船を元に戻す作業中のダイゴを呼びつけた。

多くの人間が作業中の港は、非常ににぎわっている。

「今日の仕事は終わりにせい。船も安全なところに」

「……はっ、わかりました」

詳しくは聞こうとせず、ダイゴはすぐに行動に移った。

見た目は少年のダイゴでも、バリアバカに権限を貰っていることもあり、命令をすればみんな指示に従う。

これだから、魔族は好きじゃ。

全てを言わずとも理解する聡いところがある。

船の撤去に入っているのを見届けて、ここは大丈夫そうだなと判断した。

翼を再び展開する。

助走をつけて、聖なるバリアの外まで一気に飛んでいく。

「ふむ」

通る分には簡単に通れるのに……。

手から雷魔法を放って聖なるバリアにぶつけてみる。

「びくりともしないか」

全ての魔法を撥ね返すこのバリアは、やはり頭にくる。

あのバリアバカが1か月かけて作り上げたらしいが、それが3年も持ち、どんな手段を使おうとも壊れないだと？

ますます人間の所業とは思えない。

なんなんじゃ、あのバリアバカは。もはや魔法か？　これ。

あの常識外れのバリア魔法を考えているとイライラしてくるので、もっと高く飛び上がった。

聖なるバリアが見えなくなるほど高く、雲より高いところにて待つ。

しばらくすると、ＶＩＰ客の到着だ。

「来たな」

雲を切り裂き、雷を体に纏わせた白きドラゴンが雲の上に現れた。

背中にはエルフの戦士が乗っている。

「……なぜこんなところに人間の少女が」

「バカなことを言うな」

人間ごときがここまで来られるか。それもただの少女が。

「グウィバー、出会える日を待っておったぞ。数百年間、エルフが大事に育てている種だそうじゃないか。大陸最強の我と戦いたくて、お主も命令を無視してここにやってきたのであろう」

グウィバー、エルフが育てている赤と白の対のドラゴンの片割れ。

大陸のドラゴンとは全て戦ってきたが、エルフのドラゴンとは未だ戦ったことがない。

300年前の神々の戦争時、このドラゴンはまだ生まれたばかりだったという。

ゆえに、初めての対面だ。

背中のエルフの指示を無視して、我に牙を向けて闘争心剝き出しではないか。

我を前にしてその闘争心。負け知らずの無知故か、それとも本当の実力なのか。

くくっ、楽しみじゃのぉ。

「……超常なる者よ、我らは人間との闘いゆえにここに来た。余計な争いはしたくない」

「エルフの戦士よ、お主はそうでもグウィバーは戦いたがっておるぞ。今にも嚙みついてきそうだ」

我の異常な魔力量を感じ取ったか。

エルフの戦士は戦いを避けようとしていた。

しかし、白きドラゴンはもう引き下がることはないだろう。

涎《よだれ》を垂らし、目が血走っておる。そちも戦いが楽しみで仕方ないか。よい、よい。ドラゴンとはそうでなくては。

「それに、我も今はこの地で世話になっている身だ。エルフとの戦争でぐちゃぐちゃにされてはかなわん。だから迷惑が掛からぬように、こうして雲の上まで来たんじゃ」

「……避けては通れんか」

「もちろん。お主も腹をくくれ」

力を解放する。

人間の少女の姿が炎に包まれて、我の真の姿が露《あらわ》になる。

黄金の鎧を身にまといし、大陸最強のドラゴンじゃ。

眩い光が雲を縫って、空に溢れる。

久々にいい感じじゃ。

「……バハムート!?　なぜ、最強種がこんなところに!?」

「さあ、はじめようか——!」

この日、ミライエでは説明のつかない異常気象が何度も起こった。

それは歴史に記録されたが、原因は不明と記されている。

雲の更に上、人の目では知り得ぬことが、そこで起こっていた。

最強のドラゴンバハムートの勲章がまた一つ増えたことを知るのは、敗れ去って逃げ帰ったエルフの戦士だけだった。

エルフの進行が少しだけ遅れたことを、シールドをはじめ、魔族も領民も誰一人知りようがなかった。

十四話――バリア魔法と大陸計画

「天気がやばすぎる……」

天変地異でも起きそうな空模様を不安に思いながらも、俺とアザゼルはウライ国との話し合いの場へと向かった。

聞いたことのないレベルの雷音がした直後に、またそれを更新するレベルの雷が落ちてくる。

なんなんだ。

悪魔の大王でも降りてきそうな、今日この頃。

こんな日はベッドで横になって読書でもしていたいが、こちらから取り付けたアポだ。

天気ごときで中止にはできない。予定通りウライ国側へ出向くのは当然だろう。

大変な移動もグリフィンがいればかなり楽になる。

ミライエから飛び、聖なるバリアを潜ってあっという間にウライ国の首都だ。半日で着いたときは、流石に俺も驚いた。

到着日数が想定よりも早かったため、ウライ国側のお偉いさん方も大慌てだった。

出迎えてくれた高齢の男性は、大臣の身分だという。

形の整ったひげを蓄えた威厳のある人だなと思ったが、まさか大臣が直々に出向いてくれるとは。

態度も非常に親しみを持ったものだった。

これも全て、バリア魔法のおかげだな。

辺境伯の支配する街、エーゲインに聖なるバリアを張って、ウライ国にでかい恩を売っておいた甲斐があった。ちゃんと俺の名は知れ渡っているらしい。

「さあ、こちらへ」

急な来訪にもかかわらず、すぐに交渉の席に立つ旨を伝えられ、この厚遇具合。

うむ、これは思っているより話が簡単に進むかもしれない。

あまり楽観するのはよろしくないが、それほど堅くなる必要もないなと、気分よく城に乗り込んだ。

城までの長い庭園を歩いていく。大理石で作られた空の見える庭園は美しい。

長く細い水路の周りに花が飾られており、いい香りまで漂ってくる。

ウライ国の城は屋根が丸っこいつくりであり、ヘレナ国やミナントの建造物とは見た目から大きく異なっていた。

白く清潔な城にたどり着く。見ているだけでも楽しいウライ国の王城は、中まで非常に心地が良い。侍従たちが俺の足元に赤い絨毯まで敷いてくれるから、なんとも鼻が高い。

今度ミライエでもやって貰おうか……。余計な人件費がかかりそうなので、やっぱり却下だ。

またこれを味わいたかったら、ウライ国にくればいい。

人の視線に、強い興味を抱く感情と、恐怖を抱く感情を感じ取った。

興味は俺に向けられ、恐怖は俺の後ろを歩く魔族のアザゼルに向けられている。

魔族を初めて見る人も多いのだろう。

恐怖するのは無理ないが、何もしなければ危険などない。魔族は悪いやつらじゃないぞ。恐れる必要がないのに、恐れられるとなんだか意地悪したくなる。

性格の悪いところが出そうなので、ここは他国の城だということを再認識していたずらはやめておいた。

わっ!! とか声を出したら何人かは腰を抜かしていただろうな。くくっ、やっておけばよかったかもしれない。

「さあ、シールド様。こちらへ。中で宰相と辺境伯のご息女がお待ちです」

大臣は本当に案内だけだった。

「案内、感謝する」

「いえいえ、今後も我が国を御贔屓に」

「よかろう」

なんか凄く立ててくれるので、偉そうに答えておいた。こうやって人はだめになっていくのかもしれない。領地に帰ったらフェイとまた街に出かけて庶民の感覚でも取り戻すかな？　調子に乗りやすい俺には、それがいいかもしれない。

両開きの大きな扉を押し開くと、円卓の椅子に腰かけていた二人が急ぎ立ち上がる。

顎髭の長い老人と、若い娘。

一人は知っている人物だ。相変わらず凛々しい美しさを持っている。

天才的な魔法の才は、今も健在だろうか。

麗しの美女が嬉しそうに声を発する。

「先生っ!?」

礼儀作法も何もかも無視して、アメリアが駆け寄ってきた。

「おわっ」

ダイレクトに俺の胸に飛び込んでくる。

なんとかケガしないように抱きしめておいたが、危ない、危ない。

俺はバリア魔法しか使えない、ただのパンピーだぞ。

体はもういっぱしの大人の女性になりつつあるアメリアだ。転げ落ちないように、支えるのが精一杯だった。

「先生、なんで長いこと会いに来てくださらなかったのですか！」

長いといっても、まだほんの数か月だ。

俺の中で長いといえば数年とか、多くて5年くらいか？

まだまだそれほど感覚が開いてるとは思えなかった。これがうら若き少女との感覚の違いなのかもしれない。

「いろいろ忙しかったんだ」

「忙しくても会いに来てください」

がっしりと俺の腕を抱えて、アメリアが体を寄せてくる。

頬をすりすりとする様子は、どこか小動物のようで癒される。匂いも嗅いでくるが……俺変な匂いしないよな？

確かに数か月とはいえ、なんだかアメリアの家庭教師をしていた頃より大人になっている気がする。

どこが大人だって？

そのぉ……腕に当たる柔らかさがね。前にもこういう感じで腕をホールドされていたが、胸の感触が全然違う。

成長している！　急速に！

とても柔らかくて、気持ちがいいです。

はい！

当たっているとは伝えられないし、このまま当たり続けてほしいような。

ていうか、アメリアのやつ、わざと俺に胸を押し付けていないか？

ちらりと見たアメリアの顔が少しいたずらっぽい。頬を染めて上目遣いで見てくる。その表情ときたら……。

だめだ、誘惑されてはならん。

目を閉じて、児童養護施設にいた頃、毎日歌っていた教会の歌を歌っておいた。

俺は無欲。俺は無欲。俺は……無欲にはなれない！

女性の魅力というのはとても強いなと半分あきらめながら、席に着いた。

欲に塗《まみ》れたまま、宰相との話し合いに入る。

「手紙でも少し話したが、領土について話したいんだ」

「ええ、わかっております。アメリア殿を同席させたのは正解でした。シールド様の空気感が和らいだようで」

「ははっ……」

やわ、という言葉に敏感だから気を付けて？

「大事な話だから、国王と話せるものとばかり」

俺としたら、権限を持っているなら誰でもいいのだが、後で話を反故にされるのだけは嫌だからな。責任のとれる人物の言葉と契約書が欲しいだけだ。

「国王はまだ幼く、我々の家臣のサポートを必要とします。ただし、今回の件は国王もすでに知ってのこと。先のエーゲインに聖なるバリアを張ったことも非常に喜んでおられました」

なるほど。

ウライ国にもいろいろあるわけだ。

国王がキッズとか、いろいろ大変だろうな。

そのストレスで宰相の頭の髪が抜け落ちたのかもしれない、なんて邪推はもちろん口にしない。

髪と神の話は非常に繊細な問題なのだ。

「事情はわかった。それでは宰相殿と話そう。いきなり本題に入らせてもらうが、俺の自治領の北側に位置する平地、サマルトリアについての話だ」

「我が国にわざわざ来てくださったのは、やはりあの土地についてのことでしたか」

事情はある程度透けて見えているらしい。

アザゼルに地図を広げさせた。

グリフィンに乗って記録し、俺が更新した詳細な地図だ。

そして、計画の書かれた書類も一式出す。

あまり表に出したい情報ではないが、開発は始まっているので、いずれ隠しきれなくなるだろう。

何より交渉するためにも、ある程度の情報は開示しておかないと。

「サマルトリアをミライエの今後の中心都市にしようと思っている。そこで、この計画書を見てくれ」

南の山を削り、そこにミナント中心都市まで続く交易路を繋げる計画だ。

東の港からは、ミナントとウライ国ともにアクセスが可能。

海の航路は今もあるルートなので、やはり今回は陸路についての話が重要になる。

「サマルトリアの街は間違いなくでかい街になる。そこで、北に交易路を開きたいのだが、ご存じの通り、ウライ国側の平地には天才魔法師ボマーの遺産がある」

「そうですな。折角の平地ですが、ボマーの魔法があってはどうしようもない」

「もしもだ」

話は終わらない。

ここから核心に触れていく。

「もしも、ボマーの遺産がある土地に、交易路を開けたら面白いと思わないか？　サマルトリアの街は、ミナントの中心都市と、このウライ国の首都を繋ぐ重要な都市となる」

俺だけが得をする話ではない。

これは間違いなく、ウライ国にも益のある話だ。

「今までかなりの距離を迂回していただろう？」

山脈やあらゆる地形条件により、これまでウライ国とミナントの交易路はかなりぐにゃぐにゃしており遠回りだった。それゆえに海路ばかりが発達してきたのだ。

しかし、俺が山を切り開き、サマルトリアの街を作ることで比較的まっすぐな交易路ができるとともに、重要な中継地点ができることにもなる。

これはウライ国だけでなく、ミナントを含む、三つの大きな勢力が得をする話だった。

もちろんだが、一番儲かりそうなのは間のミライエだが……。

時代が動く。これからは陸路も海路並みに、いやそれ以上に重要な交易路になり得る。

「ふむ、面白い計画です。しかし、北に交易路を作ろうにもボマーの遺産があってはどうしようもないですな」

そもそも不可能な話だと一蹴する。

無策じゃないんだよな、これが。

首を振る宰相に待ったをかける。

「俺がボマーの遺産を整理できるとしたら？」

「ど、どういうことですかな？」

「あの地を、人が通れるだけでなく、人が住めるような土地にするということだ」

ごくり。宰相が唾を飲み込む音が室内に鳴り響いた。

交渉はいよいよ佳境に入る。

十五話――他国でも死の領主は健在

「何か方法があるのですか？　ボマーの遺産を整理するというのは」

ツルツルの頭をより一層輝かせて、興味津々で宰相が尋ねて来た。

やはりウライ国側もあの土地を放っておくのは惜しいと考えていたみたいだ。

「ある！」

本当は決まってないけど、こうやってストレートに答えておいたほうが印象もいいだろう。

自信満々に返答しておいた。

宰相は少し考え込む。考えるときにツルツルの頭を撫でまわすのは、この人の癖なのだろうか……。少し気になる癖だった。

いろいろ対策手段は考えられるので、彼に嘘はついていない。

今思いつくだけでも、バリアを張った俺があそこを走り回るとかね……。やりたくはないけど、最悪そういう方法もとれる。うわっ、本当にやりたくねー。

自分で考えたアイデアだけど、最悪すぎる。

「ふむ、もしもシールド様の言うことが実現したとき、我が国への利益も膨大なものになりそうですね」

そうだろう、そうだろう。

サマルトリアの街ができ、南北を結ぶ交易路ができてみろ。

今のように迂回する必要がなく、真っ直ぐ行けるんだ。真っ直ぐってのは気持ちよくていいよね。うん。

そんな気分の問題ではなく、間違いなく膨大な利益を生む。

「全権を任されている身ですが、国防の問題もあります。一人では抱えきれなくなってきた案件に思えてきました」

　宰相が抱えきれないって、じゃあどうするんだ？

　まさか、キッズ国王に頼るとでも？

　それは勘弁願いたい。大事な交渉の場にあの騒がしい生き物はふさわしくない。キッズ、あっち行ってろ。

「しばし、相談してきてもよろしいですかな？」

「もちろんだ」

　どんな返答を貰えるのか楽しみにしながら、茶菓子をいただく。

　ウライ国の紅茶はうまいと聞いていたが、噂以上の味だ。

　風味や口当たりからして、一瞬で違いがわかる逸品。フェイのやつにもお土産で持って帰ってやろう。茶菓子と一緒にいただけば、より一層その味の深みがわかる。

　ちょっと待て、交渉がまとまれば、この極上の紅茶が海水にやられることなく我がミライエにも流通するのか？　そりゃここで飲むほどの品質は保てないにしても、夢の広がる話だ。

　物流を効率化する意味ってのは、俺が感じている以上に大きいのかもしれない。

　もっともっと、可能性の広がる世界にできるかもしれない。

　そんな世界の実現のためにも、返答が楽しみだ。

　宰相がしばらくすると、戻ってきた。

　大慌てで、ソワソワした様子だった。

ずっと落ち着き払っていたこれほどの立場の人が、一体如何したのだろうか？

「シールド様からの提案を皆に報告したところ、国王が……。普段は口を挟まない国王が直々にご命令をくださいました」

「えっ……」

あまりいい予感がしない。

普段物静かなキッズが口を挟む？　なぜだ。

「我々の中にも案は出ていたのですが、国王の一声で正式に決まりました。今回のご提案ですが、受けさせていただきます」

あらっ、予想外にいい返答だった。

「それと、国王からの提案はまだございます」

おそらくこちらが重要になるんだろうな。気は抜けない。

「ボマーの遺産を整理し、人の通れる交易路を作った暁には、サマルトリアに接するウライ国側の地をシールド・レイアレス殿に明け渡す、とのお言葉を預かっております」

「ん!?」

目が飛び出しそうになった。警戒していたのとは真逆の結果。

信じられないような条件が言い渡された。

ウライ国と国境を接するから、街づくりが少し面倒だなと思っていたが、まさか平地全てを譲渡してくれるとは。

ウライ国側が手を付けていない土地ではあるが、ボマーの遺産がなくなれば開発に着手しだすものと思っていた。平地繋がりを、国防上の理由で嫌ったのか？

それで、それを丸々くれるというのか？

「こちらとしては、是非もない。非常にありがたい話だ」

「ええ、では正式に書類を作ってまいりますので、2、3日ウライ国でごゆっくりなさってください」

待て、待て。

そう簡単に話を進めるな。

美味しい話すぎて、まだ信じ切れていないところなんだ。

「ウライ国側は本当にそれでいいのか？　あまりにこちらに都合がよすぎる」

「いえいえ、そうでもないのですよ。国王の命令で決まったことですが、私も同じ案は考えておりました」

「理由を聞かせて貰えれば、こちらとしても気持ちよく書類にサインできるのだが」

「わかりました」

やはり好意的な関係が築けているからだろう。宰相は全て事細かに教えてくれた。

このサマルトリアの平地は、ウライ国側にとってリスクの大きい土地らしい。

サマルトリアをさらに北上すると、首都圏を守る大きな城塞都市がある。周りの土地の条件的にも、国を守る要所となる土地だ。

この城砦都市の外に大きな街を作るとした場合、その街は常に外敵のリスクに晒される。新しく城砦を建てるにしても、ミライエ首都圏の隣では効果が薄いと判断したらしい。

「いっそのこと、シールド様に渡してしまい恩でも売っておこうというのが我々の考えなのです」

「そんなストレートに言わなくても……」

「それに、サマルトリアの地は歴史を見れば常にミナントと争いを繰り広げていた土地。そこに自治領となったミライエがあることは、ある意味我々の緩衝材になり得るのです。ミライエの存在自体が」

それは俺の聖なるバリアに期待してのことだろうか。

今後ミナントとウライ国の関係が悪くなろうとも、間に聖なるバリアを持ったミライエがあることで進軍しづらいよねってことだよな？

もしかして、ガブリエル、つまりミナントが俺にミライエの土地を明け渡したのも同じ目的があってからか？

いつも争いの場となるこの地に、聖なるバリアを張らせて、互いの国の防御とする。

……そうだとしたら、ミナント側はずいぶんと未来が見えていたらしい。やるな！　素直に称賛を送っておこう。

挟まれる俺たちからしたら大変だが、それは一つの可能性を考えていなくないか？

そう、ミライエがウライ国側とミナント側に侵略することを。

当然そんな予定はないし、やる必要性もないが、少しだけ気になった。

話がまとまりそうなので、余計なことは言わないが。

「今回の話がうまくいけば、ウライ国はまた人が多く増えますな。ふむふむ、人が増えれば、住める土地を増やす必要がある。久々に国に活気が出そうでよろしいですなぁ」

のんきなことを口にする宰相様だ。

まあ、いい。俺への信頼と受け取っておこう。

俺たちは握手を交わして、とりあえずの契約を完了した。

この後作られる書類にサインすれば、正式な契約となる。

満足顔の俺は、アザゼルとともにこの会議室を去った。

この後は2日ほど極上のもてなしを受けられるらしい。最高だな。フェイには悪いが、好きなだけ満喫させてもらうとしよう。エッチなマッサージとかお願いしてみようかな。

城の外へ出た俺とアザゼルは、またあの美しい庭園を眺めていくことにした。

水の流れる水路が美しい。こんな感じの仕掛けを、新しい俺の城にも造りたいな。そう思って眺めていると、太った小さな男が近づいている。

うちの御用商人のような可愛らしい太り方ではなく、かなりたっぷりとぜい肉を蓄えたお方だ。

「シールド様ですな？」

「はい、そうですが」

礼儀正しい男だが、不思議と嫌な気がした。

軽く自己紹介をされ、この国の大臣だと判明する。

「あなた様のご活躍は私も聞き及んでおります。なぜあなたのような英傑が魔族なんかを従えているのですかな？　せっかくの輝かしい功績が、魔族どものせいで汚れてしまっては勿体ない」

なんだ、こいつ。腹パンしようか、腹パン。

「部下に困っているなら、わたくし奴《め》がご用意致しましょう」

取り入る気満々なのが透けて見える。

それに、俺の信頼する魔族への暴言は許さん。それがもっとも頼りになるアザゼルともなれば、余計に。

「必要ない。悪いが、貴君とはもう話したくない。消え失せてくれ」

わかりやすく態度に出したつもりだったが、この傲慢な男には伝わらなかったらしい。

「一度お見せしましょう。私のところにいる人材を見てくだされば、魔族など今すぐにでも捨てたくなりますぞ」

「消えろと言っている」

ここが他国でなければ、美味しい話がまとまった直後でなければ、アザゼルに命じて葬っているところだ。

一向に立ち去らない男を見て、怒りを鎮めて立ち去ろうとしたところで、男が急に平伏した。

頭を下げている方向を見ると、堂々としたなりで歩いてくる少年がいた。

「これは、これは、国王様。なぜこのような場所に」

国王!?

これが噂のキッズ国王か。

その凛々しい顔つきは、賢そうな印象を与えてくれる。

髪を短く切りそろえているのは、この国の風習だろうか？　みんな髪短いよな。

宰相とか、全部……あれは違う事情か。

「国賓扱いしているシールド様御一行に、我が家臣が無礼を働いているのを見過ごせぬため、ここまで出向いた」

「そ、そんな。わたしは別にシールド様に無礼など」

「アザゼル殿を侮辱したであろう」

「しかし、相手は所詮魔族故……」

「愚か者が」

説教をくれてやる国王は、この肥え太った大臣より人の心を理解しているみたいだ。

俺が信頼しているアザゼルを侮辱することを、なぜこの男はよしと考えたのか、甚だ理解に苦しむ。

「この者を引っ捕らえろ！」

衛兵を呼びつけて、大臣を拘束させる。

国王の顔は怒りに満ちていた。

「シールド様。お初にお目にかかります。ウライ国第5代国王、シャプールである」

一礼し、国王自ら謝罪を申し出る。

「いや、別に大ごとにするつもりはない。今回はお互いにいい話ができたことだし」

「それとこれは別。話を反故にするつもりはございません。私の家臣が失礼を働いた。その罰を与えます。シールド様が許してくださるなら解放しますが、そうでなければ……」

俺が許さなければ、この男の首が飛ぶか。

将来有能な国王だ。俺の機嫌を損ねていいことなどないと理解している。

ただの傀儡《かいらい》となっているキッズ国王ではない。事情は知らないが、こんな聡い国王に、こんな愚かな家臣は必要ない。

「悪いが、その者を許すことはない」

「そうか。では、処罰はこちらにお任せを」

「ああ、そうしてくれ」

これでも地元じゃ死の領主をやっているんだ。首の一つや二つ、よく飛んでいる。

それに、俺の仲間を侮辱したやつは、どんな奴でも許すことはない。

せいぜい、後悔とともに眠れ。

連行される大臣が罵詈雑言《ばりぞうごん》を口にしながらわめいていたが、同情する気は更々ない。

「シールド様、失礼ついでに一つ聞いてもよいか？」

「どうしました？　シャプール国王」

「そなたの領地で軍船を多く作り始めたと聞いた。その目的をお聞かせ願いたい」

先ほど以上の失礼はないいし、ついでに聞いておこうということか。

自国への脅威になり得るかもしれないことを考えている。

この国王はやはり、ただのキッズじゃないな。

ならば、俺もまじめに答えてやるとしよう。

「ウライ国側に向けてのものではありません。ウライとも、ミナントとも長く平和な関係を保っていきたいと考えております」

「では、何故作らせている？」

「東のダークエルフを討つ」

「なっ!?　あの伝説のダークエルフを……」

ウライ国に滞在した数日、ダークエルフの一件を話しておいた。

ウライ国側にも関係のない話ではない。

街造りとともに、ミライエでは今大きな作戦が稼働しつつある。

十六話――バリア魔法とボマーの決着

空は青い。なんて心地の良い日だ。しかし、いつまでもこの平穏を楽しんではいられない。男には戦わなければならないときがあるのだ。

「さて、やりますか」

「シールド様、私が代わりにやります！」

なんとか俺を制止しようとするベルーガだが、話はすでに決まったはずだ。

これは俺がやる！

必死の形相で、サマルトリアの大地と睨めっこだ。

相手は大地の中、地中奥深くに仕掛けられた爆発魔法。

「くどいぞ、ベルーガ。話はついている。俺がウライ国と約束した仕事だ。俺が片付ける」

「しかし、実行するのは誰でもいいかと！」

それも何度も話した。

バリア魔法を体に纏わせて、ボマーの遺産を踏み尽くす。

そう、最後の爆発魔法がなくなるその瞬間まで、この土地を走り回り起爆させ続る！

ボマーの爆発魔法は間違いなく天才の代物。

しかし、威力は俺からするとそれほどすごいものではない。悪いが、あんなもの何万発食らおうとも俺のバリアは壊れたりしない。

ここを人の住める土地にしたら、俺の領地になるんだ。

こんなでかくてきつい仕事、他人に任せられるか？　いや、任せられない。

俺以外にできるやつなんていないだろう。

他人の体にバリア魔法を付与できたりするが、バリアが一瞬でもずれればその人はボマーの遺産の餌食となる。

俺の場合は、体にバリアを纏わせているので、バリアがずれたりするなんてことはない。やはり安全性を考えれば、俺しかやれる人物はいないのだ。

それに、秘策はある。

「チクタク、頼んだぞ」

「えー、えー、やります、やりますとも。あんな目にはもうあいたくないですし、なによりここは思っていたよりも居心地が良い」

アザゼルに命じた『魔族大解放計画』で、我が領地の戦力となった魔族のチクタクである。

強力な時間魔法を使うが、扱い辛い性格と口調で敬遠していたが、最近はもっぱら協力的だと聞いている。馬小屋に突っ込んでおいた仕置きも相当効いたみたいだ。それと実は……。

なんでもチクタク、とある魔族の女性に惚れたらしい。

口説きたいが金がないらしく、それでようやくまじめに働くようになったとか。

働きだしたらその便利な魔法で重宝され、給料も上がり、結果的にこの土地が好きになってきたという経緯だ。

回りくどい道で従順になったが、使える人材になってくれたのはなんともありがたい。

そして、この土地が気に入ってくれたのも、俺としてはうれしい限りだ。

こんど好きになった魔族の名前を聞こうと思う。誰だろう、気になります！

「えー、えー、それで……なにするんでしたっけ？」

……扱い辛い！

体のバリアを解除して、再度説明して、チクタクの魔法を待った。

『時間魔法――超ヘイスト』

そう、これを待っていた。

「!?」

体にチクタクの時間魔法がかかる。

俺の体の映像が少しぶれる。なんだか作り物の人間みたいに、動きがかくかくする。

走ってみると、一瞬で数百メートルを移動できた。

うおおおっ、想定通り。

時間魔法で加速され、バリア魔法で守りを固めた俺がサマルトリアの大地を駆け回る。

『サマルトリア走り抜け大作戦』である。作戦のネーミングは俺由来。あまり好評じゃないのは知っているが、自信があるわけでもないのでよし。

魔法が効いているのを何度か確認して、体にバリア魔法を張りなおす。準備を終えた。

チクタクの魔法を受けたのは、彼を信頼しているからではない。まだチクタクのことは信じられていないが、アザゼルとベルーガのことは信じている。

二人が、チクタクに余計なことをしたら殺す、みたいな視線を向けていたので体のバリアを解除して今の加速状態に入った。

よしっ！

「行ってくる！」

急な加速や、力強い加速だと、地面がえぐれたり、砂埃が起きたりする。

しかし、俺の超加速は時間魔法によるものなので、そういった物理現象が起きなかった。時間魔法の不思議で、凄いところだ。

軽い仕草で超高速に走っていく。

聖なるバリアを越えて、いよいよボマーの遺産を踏みしめる。

カチッ。

踏んだ。しかし、起爆した頃、俺はすでにはるか前を走っている。

その間にも、すでに10個以上の爆弾を踏んでいる。ボマーの遺産、その全てが俺の後ろで起爆していく。

大地が噴水のごとく空へと舞い上がる。

時間魔法のおかげで余力を残しながら走っても、爆発が俺に追いつくことはない。

キタコレ!!

完璧な作戦すぎないか?

あっひゃっひゃっひゃ!

愉快すぎる結果に、思わず笑いが漏れる。走ってるだけで、領地を貰ってしまったぜ!

「――――!?」

急に光に包まれたかと思うと、次の瞬間俺の体は上空へと投げ出されていた。

何が起きた!?

上限感覚を失っている最中に、後ろの爆発が追い付いてくる。

凄まじい量の爆発が俺を飲み込んだ。

爆風によって上空でもてあそばれた俺は、ミライエの領地まで綺麗に吹き飛ばされ戻ってきた。

「あびゃー！」

ぼとっと体が投げ出された先に、アザゼルとベルーガが心配しながら駆けてきた。

俺は爆発に巻き込まれたらしい。ようやく理解が追い付いた。

くそ、おそらく誘爆。

俺が走り回って爆発させすぎた衝撃で、ほかの爆発魔法まで起爆させていた。

踏まなければ大丈夫、そんな甘い考えを持っていたことが恥ずかしい。天才魔法使いボマーの前に、俺氏敗れる。

いつまでも倒れていると、二人に心配を与えそうだったので、急いで立ち上がった。

ん？　なにか？　みたいな表情で、駆け付けてくれた二人を見つめる。

悪いが、派手にやられたが、本当にダメージはない。

ちょっと恥ずかしい思いをしただけだ。

「すまない。計画に無理があった」

「いえ、シールド様の計画に不備などあるはずもありません」

ベルーガちゃんが気づけば全肯定ＢＯＴと化している。ありがたい。いつも俺の味方についてくれるのは非常にありがたい。

でも今はそっとしておいて！　恥ずかしいんだ。

こんな幼稚な作戦を実行した自分が恥ずかしい！

大地に座って、少し休憩をした。この計画を見直す。

走って解除するのは無理だったな。面白いアイデアだと思ったが、これでは完全に解除しきれない。

おまけに今後も誘爆を起こせば、また爆風に飲まれてしまう。ちょっと酔うからもう味わいたくない感覚だ。

爆発した大地は凹んだり盛り上がったり、これでは見落としがあっても気づけない。

一度大きな事故が起きれば、この交易路は忌避される。信用を得るのは時間がかかるが、失うのは一瞬だ。ボマーの遺産は一つとして残らず解除しなければならない。

必ず全部解除する。それがウライ国との今後の信頼にも関わってくる。

仕方ない。疲れるが、あれをやるか。

「ベルーガ、グリフィンを借りるぞ。今度は空からやる」

二人に有無を言わさず、空へと飛び立った。

汚名挽回のチャンスだ。

これまでボマーの爆発魔法に吹き飛ばされてダサい姿ばかり晒してきた。

しかし、これでおしまいにしよう。

『バリア――広大無辺』

かざした手の先に、超巨大なバリアが出現する。

俺とグリフィンの下に、大地と平行になる巨大なバリアが誕生した。

そのサイズ、実にボマーが爆発魔法を仕掛けた大地全てを覆うサイズ。

実験段階でしかやったことのない、瞬間的に生じる超巨大バリア魔法。

魔力をぐっと吸われて、グリフィンの上で一瞬頭がくらりとした。

……危ない、危ない。

落ちてもグリフィンが拾ってくれるだろうけど、この空に浮かんだ超巨大バリアを制御することができなくなってしまう。

意識を保たねば。

いくら自由自在のバリア魔法といえども、このサイズは流石にくるものがあった。

普段から楽なサイズのバリアばかり作っているからだな。俺ももっと鍛錬せねば。

「さあ、いくぞ」

グリフィンに地面へと向かって飛ぶように指示して、巨大バリアも地上へと下ろしていく。

サイズは足りている。後はきっちり範囲に収まるようにして、大地にすっぽりと覆いかぶさるように下ろす。

平らなバリアが地面とぶつかった。

直後、バリア魔法と大地の間に爆発が生じる。

爆発音は以降も鳴り響き続け、その振動と音は実に半日も続いた。

ぐつぐつと鍋の蓋となったバリアを揺り動かしながら鳴り続けた大地が、ある時を境に、騒ぎが嘘だったかと思うくらい静かになった。

全ての爆発が終わったらしい。実に半日も続いた爆発がようやく。……こんなにもあったのか。この量の爆発魔法を走って処理しようとしていた自分に今更驚きだ。人はたまに、すんごいことを思いつき、しでかすよね。今朝の俺とか……。

バリア魔法、広大無辺によってボマーの遺産との決着はついたと言っていいだろう。

悪いが、100年前の英雄さん。この戦い、俺の勝ちだ。

「シールド様、相変わらずおそろしい力です」

「おう、これは褒めてくれ」

今朝のは、これでチャラな！

パチパチと拍手を送ってくれる二人の称賛を素直に受け止めた。

称賛BOTと化しているベルーガが感動に涙を流している。ほどほどにしてくれ。これ以上は照れる。

後鼻をかんでおいて。折角の美人が形なしだ。

「アザゼル、軍を動かす。ダイゴのオートシールドを装備させてもう一度最終確認だ。ボマーの魔法を完全に取り除いたと思うが、念には念を入れて確認をする」

「わかりました。帰り次第、手配いたします」

「うん」

新しく俺の土地となったサマルトリアの地平線に、赤い夕陽が沈んでいくのを眺めながら、大きな仕事を終えた満足感に浸る。

いい感じだ。よし、帰ってフェイと飯にしよう。

十七話――side 裸のエルフの王様

服を脱ぎ捨てたエルフが玉座に座り、濁った瞳で部下を睨みつける。

エルフの王、イデアは衣服で体を隠すこともなく、己の体を見せつけるように堂々としていた。

彼の周りには辱めを受けた多くのエルフが横たわっている。

ここが謁見の間だということを忘れさせるような光景だった。

エルフ最高の戦士、エヴァンは仲間のエルフが凌辱される光景に屈辱を感じながらもイデアの前に膝を折る。

王だと認めたくはないが、イデアとの力の差は歴然。

エルフの島はすでにイデアのもの。抗いたくとも、これは覆しようのない事実だった。

悔しいが、イデアは天才だ。

差が大きすぎて、その影すら踏めないほどの遠い存在。

「……ご報告いたします。グウィバーですが、ミライエ上空にてバハムートに遭遇。戦闘になった後……敗れてミライエ上空にて戦死いたしました」

部下にワイングラスを運ばせ、中に満々と注がれたワインをイデアはグビッと一口で飲み干す。

大量のアルコールに全く酔う様子もなく、水を飲んだかのように涼やかな表情だ。

退屈そうにエヴァンを見下ろす。

この褐色の肌をしたエルフは、ダークエルフとなった者の証である肌色をしている。欲におぼれたエルフは森からの聖なる加護を失う。加護を失って以降は闇に飲まれるという言い伝え通り、日々その体から神聖な力が抜け落ちている。

白い肌を失うのは、その呪いのせいだと言う者もいるが、イデアは未だに不調を感じたことはない。

それどころか、長い年月で習得した魔法と魔力が日々高まる感覚が面白く、実際かつてないほどに力が高まっている。故に余計に森の加護などという古い言い伝えを信じる気持ちにはなれなかった。

その有り余る力と時間により、いよいよ人の世界にまで興味を持ち出したのだ。

全てを手に入れる。いつしか、そんなことを考え始めていた。

「愚か者め」

エルフの戦士エヴァンの頭目掛けてグラスを叩きつける。

グラスが頭にぶつかって破片が散るが、エヴァンをはじめ、誰もイデアの行動を咎めようとはしない。むしろ何事もなかったかのように、静かな間が場を支配した。

「余の育てたグウィバーを貸してやったのに、何も成果を持ち帰らんとは。これだから無能なエルフどもは」

「しかし、バハムートがいるとは想定しておらず……」

「雑魚が。余ならいかなる相手が来ようとも殺せる」

実際、イデアはこれまで数々の強敵を言葉の通り葬ってきた。

玉座の隣にあるリンゴをもてあそびながら、ぐしゃりと握り潰す。そう、このリンゴみたいに、いつだって簡単に、一捻りに殺してきた。

「それはイデア様に限った話。我々はミライエには例のバリア魔法があるとしか聞いておらず、対処のしようがありませんでした」

聖なるバリアをイデアの育て上げたグウィバーのブレスで破壊する予定だった。

しかし、立ちはだかったバハムートとの死闘の末、グウィバーは命を落とし、エヴァンは命からがらエルフの島まで落ち延びた。どちらかというと、バハムートがエヴァンに興味を示さず、見逃してくれたというほうが近いかもしれない。でなければ、グウィバーともども死んでいたに違いない。

エヴァンはあの戦いを思い出す度、トラウマのごとく背筋が凍るのだった。

「バハムートがなぜあんなところにいるのかは、確かに謎だな。ふっ、少し面白くなってきた。そろそろ余も出るか」

「いえ、それには及びません」

玉座の傍から歩み寄ってくるローブに身を包まれた褐色のエルフ。

イデアが育て上げた直属のダークエルフの一人で、彼を直接サポートする幹部だった。

「すでにダークエルフはバリア内に忍び込ませております。内部でそろそろ騒ぎが起き始める頃かと」

「そうか。無事に忍び込んだか」

イデア自慢の教え子たちだ。人間などに負けることなど、想像もできない精鋭ばかり。

「くくっ、それでもやはり余が出る。余が遊んでやる。船を用意しろ。使えぬ愚かなエルフどもも動かせ」

「しかし、今出れば全面戦争です。こちらの被害も大きいかと」

「どうせ死ぬのは軟弱なエルフどもだ。先頭を走らせ、捨て駒にしろ」

イデアはローブを受け取り、裸の体のまま羽織り、立ち上がった。

何も隠せていない状態だが、エルフの王を簒奪した男は相変わらず堂々としている。

「内部で弟子たちが暴れ、海からはエルフどもに捨て身で突撃させる。盛り上がりが最高潮に達したとき、余があの巨大なバリアを破壊しよう。あれしきの魔法で守られていると勘違いした人間どもに、絶望を味わわすのが楽しみだ」

バリア魔法のことは聞き及んでいる。その異常さも。それでも……。

「あーっはははははは!!」

力強く傲慢な笑いが謁見の間にこだまする。

圧倒的な力を持ったエルフの王、イデアが動き出した。

「人の地に絶望という名の血の海を作り上げる。まずはミライエの地から。領主シールド・レイアレスの首は持ち帰り、我がコレクションとする」

イデアの一声で、エルフ全体が動き出す。

島があわただしくなる日々が来た。

「イデア様、王ならせめて王らしい格好を」

立ち去ろうとするイデアに、エヴァンが珍しく苦言を呈する。イデアは基本的にあまり服を着ない。自由奔放で、性にもだらしない。これまで誰も指摘したことのない部分だった。

珍しくイデアは機嫌が良い。エヴァンの諫言を特に咎めることはしなかった。むしろからかい始める。

「おい、エヴァンには余の服が見えぬらしい。愚か者には見えぬ服を着ているが、皆には見えるよな?」

謁見の間にいたエルフは、全員口をそろえて『見える』と口にした。

見える、見える、見える。

「そうですか……」

エヴァンはこれ以上、何も言えずに目を瞑る。

高らかに笑うイデアの声が、去っていくまで目を瞑っていた。どうか、この悪夢が1秒でも早く覚めることを願って。

エヴァンを置いて、イデアは城の屋上へとやってきていた。

窓から浮遊してここまで来た。城の一番高いところに立ち、海の先を見る。

遥か先だが、ここからでも見える。

あの巨大なバリアが。

屋上には幹部のダークエルフが数名付き添っていた。

「何度見てもでかいな。しかし、脆そうだ」

数か月前に突如現れた巨大なバリア。何事かと思えば、ただのバリア魔法らしい。

それを壊せない人間どもの劣等ぶりを考えると、哀れみを覚えずにいられない。

すでにわかっていることだが、再度勝ちを確信する。

「イデア様。少し気掛かりがございます」

「なんだ？」

イデアの機嫌を損ねるかもしれないが、それでも報告せずにはいられない。

部下の一人が先ほど入った情報を伝える。

「潜入させていたダークエルフの一人と連絡がつきません」

「ほう、さぼっているのか？」

「そうは考えづらいかと……」

「ではやられたと言いたいのか？」

イデアの怒気のこもった声に怯えて、それ以上は返答できない。

しかし、イデアも理解はしているつもりだ。

おそらく死んだ。

何者かの手によって。

相手は思っているほど弱くはない。

しかし、この場にいる誰もがイデアの勝利を疑いはしない。

嫉妬心すら湧かない圧倒的な魔法の才。憧れすら抱けない、未知の領域。

まだ見ぬ魔法の世界を見せてくれる存在、それがイデアである。

部下の一人が消えようとも、勝利とはなんら関係のない要素だ。

「バハムートもいるし、手練れが一人二人いてもおかしくはないか。まあ、全ては祭りの余興でしかない。むしろ歓迎すべきか」

これまでまともに相手になってきた敵すらいなかった。

絶対の強さというのは、時に退屈すら感じさせる。

そう考えれば、部下が一人消えたのも、バハムートが立ちはだかるのも、全ては祭りを盛り上げるための材料でしかない。むしろ歓迎すべき出来事。

「あれを見よ。あのバリアの中で安寧の時を過ごしていると勘違いしている、愚かな人間どものことを考えると笑いが止まらん」

本当に愉快そうに笑いだすイデア。

ひとしきり笑い、再び話始める。

「あれが壊れたとき、人間どもがどんな顔をするのか。だれか絵を描いて余に届けよ」

「はっ」

シールド・レイアレスの顔も同時に気になる。

バリア魔法しか使えない愚かな魔法使いらしい。

その唯一の魔法が破られたとき、どんな顔をするのか目に焼き付けておこうと決めた。

「さあ、戦いを始める。破壊し尽くせ。燃やし尽くせ。余の覇道を歴史に刻もう」

ダークエルフの時代がやってくる。

それを信じてやまないイデアの野望に満ちた視線が、聖なるバリアを一点に見据える。


「ここどこ？」

奴隷たちを解放し、英雄として祀り上げられそうになったオリヴィエは、それを断るために嘘をついた。

自分は旅の途中だからもう行くと言い残し、奴隷たちを解放した後、奪った商船で一人海に出た。

適当に航海したのち、陸地に戻ろうとしたが、変な海流に乗ってしまい、気づけば見たこともない土地にやってきていた。

見たことのない植生の土地は、知識豊富なオリヴィエでも知らないものばかりの土地だった。

木も、土もどこか大陸のものとは違う。

そして、初めて出会った人らしき生き物の耳が長く尖がっているのを見て、オリヴィエは急いで姿を隠した。

感じる魔力の性質も違う。あれは……。

「エルフ……?」

ミライエと海を挟んだ東の島にエルフがいるという話を聞いたことがある。絶対にたどり着けない島だとも聞いていた。

オリヴィエはようやく、自分がエルフの島まで流されたことに気が付いた。

「なんでこんなとこにいるのおおおお」

オリヴィエの悲鳴がエルフの島に鳴り響く。当分シールドとは会えそうもない。

第三章

バリア魔法の柔軟さ

十八話――バリア魔法に忍び込んだネズミたち

あのフェイが体調を崩して寝込んでいるらしい。

バカとフェイは風邪をひかないと聞いていたのに、どういうことだ!?

そんなわけがあるかと信じられず、フェイの自室へと向かった。

「本当に寝込んでいる!?」

俺は目の前の光景を信じられず、気が動転する。

え？　フェイが体調を崩すことってあるの？

世の理に反していないか？

「今朝から食事も水もいらないとのことで、人も近づけず」

フェイお気に入りの、よく働く侍女マリーも心配そうに部屋の外で待機していた。事情を説明してくれたが、彼女もなぜ体調を崩したかは知らない。

見た目は何もケガや病気してなさそうだが、すやすやと寝ていた。

マリーに断って、室内に入る。

「おい、フェイ。どうしたんだよ。飯食うぞ」

寝ているフェイの頬をぺちぺちと叩いて揺り起こす。

ぺちぺち、ぺちぺち、ぺちぺち！

この作業、おもしろ。

ぺちぺち!!

「……なんじゃあ。鬱陶しいのお」

片目だけ開いたフェイが俺のことを面倒くさそうに見上げる。

「起きたか。おい、飯食うぞ。今日は祝いだから美味しいものをたくさん取り寄せている」

「……悩ましいが、寝る」

「は!?」

本気で言っている？

マリーから聞いたときは信じられない思いだった。しかし、こうしてフェイから直接聞いてもまだ信じられない。

どれだけ疲れてるんだ。フェイが御馳走より睡眠を優先するだと!?

空から槍が降るのがあり得ないように、フェイが食事を後まわしにするのもあり得ないんだが!?

「おいおい、どうしたんだよ。医者呼ぼうか？」

「人間の医者など役に立つか！　眠っていれば直に治る」

「領内には回復魔法師とかもいるぞ。凄腕を呼べば早めに治るかも」

「別に大したことはない。寝るのが一番じゃ。我のことを思うなら、このまま寝かせろ」

目を閉じて、布団を頭まで被せて、しっしっと片手で追い払われた。

布団を剝がす。最後にもう一度頬をぺちぺちしておく。抵抗できないうちにこういう遊びはしておくものだ。

まじかー。世の中いろんな不思議なことがあるけど、フェイが体調不良で寝込むのかー。ミライエ七不思議に入れておこう。

「マリーを常につけておくから、何かあったら言いつけろ」

「おう、我はもう寝る」

扉を閉めて、静かに寝させてやった。

マリーが手を握って看病してくれているので、後は任せよう。

そろそろ使用人を増やさないとな。

今はマリーが良くやってくれているが、このままでは倒れてしまいかねない。

いくら給料払いが良いからといっても、そろそろ改善せねば。

新しい城はでかくなる予定だし、そろそろいい人材の確保に入るとしよう。

執務室でサマルトリアの件について処理している間、アザゼルがやってきた。

「フェイ様はどうでした?」

「んー、あいつが寝込むなら、相当なものだろうな。けど、本人も言っていたが休んでいたら大丈夫そうでもある」

将来、俺のことを食べるとか豪語しているやつのことを心配するのもなんだか違う気がするけど、まあいなくなったらいなくなったで寂しいから、労わってやろう。いなくなるにしてももう少し先の未来でいい。

俺がヨボヨボになって耄碌《もうろく》した頃に飽きて去ってくれたら、人類の未来も明るいし、俺の老後も安泰だ。そんな未来が理想的である。

「そうですか。やはり何か大きな戦いをしてきたのでしょうか？　先日の空の異常気象、あれはフェイ様かもしれませんね」

あれが？

ウライ国に旅立つ前に見た天変地異を思わせるあの光景か。

雲の上で凄いことが起きていそうだった。

フェイならあんなこともできそうだけど、うーん。あいつがまじめに何かをするっていうのが想像できない。

惰眠、暴食、暴言、暴力、それがフェイだ。空の上で暴力を働いてきたのかもしれない。それなら納得。

「変なものを食べて腹でも下しているんだろ」

「それだといいのですが」

まあ何があったにせよ、あいつが大丈夫だと言っているなら大丈夫だ。

今は回復を待つだけでいい。

どうせ目覚めたら死ぬほど食べるんだ。心配するよりも、極上の食べ物をたくさん用意しておくほうが、あいつを思う方向性としては正解だ。

「ところで、使用人が足りないんだが、魔族の中にいいのがいないか？」

なんでも魔族頼りは良くないなと思いつつも、実際別格に役に立つのですぐに頼ってしまいがち。使い勝手がいいんだ。有能でまじめなやつばかりだから、上に立つ者としては非常に都合が良い。

「おります。すぐに手配いたしましょう」

いるんだよねー。

むしろ今まで声をかけなかったことが申し訳ないくらいに人材が溢れているんですよ。これがミライエの強みであり、魔族を味方につけた俺の強みだ。

アザゼルがすぐに手配してくれた。

スーパー召使いになれる逸材、ファンサがやってきた。

黒髪黒目で、メイド服を着た三つ編みの女性。背中に黒いカラスのような翼がなければ、ほとんど人間と変わらない見た目の眼鏡女子だった。

眼鏡のせいか、それとももともとそうなのか、利発そうな顔だちをしている。

「シールド様、お初にお目にかかります。ファンサと申します。何の仕事でもお申し付けください」

「助かる。侍女のマリーがフェイにつきっきりになっているから、彼女の仕事を全て代わりにやってくれ」

「それは当然です。その他には？」

その他って何？

それだけやってくれれば大満足なんだけど。

マリーの仕事ぶりは非常によろしくて、あのクオリティを維持してくれるなら何の文句もない。本当にそれだけでいい。

「取り敢えず、実力を見せてくれ。それから仕事を頼む」

「はい、畏まりました」

頭を下げて退出していくファンサは、さっそく仕事にとりかかっていた。

聞けば、ファンサはこれまでルミエス・ミライエの教育を任されていたらしい。

ルミエスは、先代領主の佞臣にして後に裏切り行為をしたヴァンガッホにより幽閉されていたので、ろくな教育を受けていなかった。それどころか心に傷も負っていたらしいが、このファンサのおかげで立ち直れて、まともな知識と常識も身に付けている。

よくよく考えてみれば、初めて会ったときのルミエスの貧相な体と、生気を感じられない淀んだ瞳の色を思い出すと、ああして元気に俺から領地を取り戻すとか言っている今のルミエスは奇跡かもしれない。

もはや教育者というか、再生者である。

ファンサは魔法を教えるなという俺の言いつけを守り、バリア魔法だけは学ばせるという約束もしっかりと守っていた。

ルミエスがああしてバリア魔法を覚えたのも、ファンサが一から魔法理論を叩き込んだからだ。

人格の形成に、基礎教育、魔法の基礎、更には心の傷の回復まで。彼女は一体どれだけ緻密な仕事をこなしたことだろうか。

頭の下がる思いをしたのは、久々だった。

「彼女がいなければ、ルミエスは壊れていたでしょうね」

アザゼルの評価だ。

俺はこれまでファンサを知らなかったから、仕事ぶりを知らないが、アザゼルがこれだけ直接的に評価する魔族も珍しい。

ルミエスが必死にバリア魔法だけ使っている姿は最高に面白いので、俺の楽しみを作ってくれたファンサには感謝である。

「ファンサといるとき、ルミエスは驚くほどいい子ですよ。今後またシールド様に失礼なことを言わないよう、ファンサから言い聞かせましょうか？」

「いや、あれは面白いからそのままで」

何より立派じゃないか。

父の残した領地を想い、あの年で大の大人に対抗するメンタルは評価すべきだ。このまままっすぐ育てば、後に大きな存在になり得る。

今はゆっくり育つのを待とう。変にくぎを刺すのは良くない。

それに、やっぱりあいつが必死に抵抗したにも関わらず、バリア魔法しか使えないってのが最高に面白いんだ。

才能も志も、素晴らしい血筋もあるのに、使える魔法はバリア魔法だけ。あっひゃひゃひゃひゃ。最高の酒の肴だ、あれは。

ひとしきり笑いに笑って、俺は今日も仕事を淡々とこなした。

次の日、ボロボロになっている屋敷が驚くほど綺麗になっていた。

ファンサはやはり口だけの魔族ではなかった。その仕事ぶりにマリーが彼女にあこがれの視線を向けていた。あのマリーでさえ霞む腕前か。恐ろしい。

もう崩落直前かと思われた屋敷が、輝きを取り戻している……。

「ファンサ、要望通り新しい仕事を任せる。俺とアザゼルの代理を頼めるか？」

「代理を？」

アザゼルから、彼女について更にいろいろと聞いている。

彼女は事務作業も得意らしい。

これまで俺とアザゼルが担当していた執務を、しばらく彼女に代理して貰う。

もちろん後で俺も確認するが、仕事の手順を教えれば彼女でもやれるだろう。なんなら俺よりうまく、早く……。

ベルーガではだめだ。彼女は優秀だが、感情移入してしまうようなタイプ。泣き落とし系の要望に滅法弱い可能性がある。合理的に、理性的な判断ができる人材が好ましい。

「できるか？」

「もちろんです」

表情を変えず冷静に受け答えする彼女は非常に頼りになる、そう思えた。

「領主様とアザゼル様はどちらへ？」

「ああ、俺たちは狩りだ」

全く、聖なるバリアは俺が作り上げた最高傑作だが、残念ながら完璧なものではない。

ネズミどもが領内に紛れ込んでいる。

アザゼルが解き放った偵察部隊がダークエルフどもを捉えた。拠点を見つけたのでそれをつぶしに行く途中だ。

全員仕留めるが、逃げられたダークエルフはオリバーとカプレーゼ率いる軍で仕留めきる。

1匹たりとも逃さない。

俺の発展マシマシの領内に忍び込んでテロ行為をしようとしたこと、後悔させせてやる。

久々にやる気になり、アザゼル他、魔族の精鋭を連れて動き出す。

「よし、力の差を見せてやるか。ダークエルフどもに」

「御用商人ブルックスからも報告が来ております。軍船の調達に成功し、ダイゴの装置も間に合いました」

どこまでも順調だな。

ははっ、もはや戦いになるのかね？　ダークエルフ諸君、侵略なんて考えをあきらめたほうがよくないか？

「偵察部隊ですが、少し勝手な動きをしておりまして……。今後は忠実に仕事させることを約束させます」

領内に忍び込んだダークエルフの居所を摑んだのはその偵察部隊だ。優秀極まりないが、何かトラブルでも？

「どうした、仕事はしているように思うが」

「若さ故、シールド様に褒めてほしかったようです……」

俺というより、アザゼルに褒めてほしかったんじゃないだろうか？　まあ、どちらでもいい。功を欲して働くのは悪くない気がするけど。

「勝手にエルフの島内部の情報まで取ってきております」

「なるほど、今後はしっかりと手綱を摑んでおかないとな」

偵察がそこまで独断専行すると、命を落としかねない。エルフの島まで行けたことは凄いが、やりすぎている。

命を落としたら、功績も何もない。全てが無だ。

「エルフの軍勢は3万ほどと見積もっている、との報告も持って帰りました」

……我が領地の軍勢は元々300人。

選別があったものの、あれから豊かになり規模を拡大している。前回の報告時には500人と聞いたな。全員が精鋭だが、1000人にも達しない。

3万対500か。桁が違うなー。

終わったな、これ。

ダークエルフさん、戦う相手を間違えていませんか？

ち、力の差を見せつけられちゃう!!

十九話――飛べないバリア魔法はただのバリア魔法

でかい問題は一旦置いておくとして、目の前の問題に対処することにした。

あまりに大きすぎる問題は、時として人を現実から目を背けさせるからだ。

「すみません、シールド様。報告するにしてもタイミングを考えるべきでした」

「いや、いいんだ」

俺が明らかに動揺していたからアザゼルに気を使わせてしまうことになってしまった。

まあ、実際そこまで凹むことはない。

俺の聖なるバリアがある限り、敵は攻め入ってこられない。

数がいくらいようが、結局はそうなる。

何を凹んでいたんだと開き直るほどに、簡単な問題だった。

俺のバリアは壊れない。ならなにも恐れる必要なんてないじゃないか。数の暴力に騙されたな……。

「アザゼル、俺はなんだか元気が出たぞ！　さあ、ネズミを全力で狩るとしよう」

トラはウサギを狩るのにも手を抜かないという。

俺たちは絶対的な魔法を持っていながら、全力でダークエルフをねじ伏せに行く。これが一流ってもんよ。たぶん。

偵察部隊が掴んだダークエルフの潜伏先は、小さな島だった。

ミライエの小さな港から見える程度の距離にある孤島。

「以前から海賊どもが根城にしていると噂の島です」

「海賊？」

海賊って俺の知っているあの海賊？　片目に眼帯、片腕がフックで、いつも酒を飲んでて……あんまり情報を知らなかった。

「ええ、噂程度でしたが、噂は本当みたいでしたね」

孤島の海岸沿いに大きめの船が何隻か見える。

単眼鏡を借りて覗き込めば、島には人が住んでいる形跡もあった。

「なんで海賊が放置されている」

「申し訳ございません。噂程度だったのと、規模が小さかったため野放しにしておりました」

聞けば、でかい商船なんかは狙わないらしい。

自分たちが相手にできそうな小者ばかりを狙うらしい。

それにもっと悪い噂もあるとか。

「奴隷貿易!?」

「はい、ミナントでは禁止されている商売ですが、それも噂には上がっておりました」

うーん、放置しちゃダメな気がしてきた。けれど、アザゼルに罪はない。

むしろ、これらをのさばらせていたのは俺の責任だ。

日々新しいことばかりを始め、何かを作ってばかりいた。

こういう闇の部分には触れてこなかったのだ。

情報だけでも知っていたアザゼルのほうが数百倍偉い。

領地の運営に大きく関わる事柄なら知らせていただろうけど、やはりこの程度では俺の耳に入れるほどではないと思ったんだろうな。日々数万人規模を動かす処理ばかりして、こういう小さな案件は耳にすら入れてなかった。

街づくりだけでなく、今後はこういう問題にも対処していくか。

「さて、いい機会だ。ダークエルフと海賊が揃っているんだ。まとめて潰そうか」

ミライエから少し離れた島にあるのもいい。

存分に暴れまわっても、俺の領地に被害が及ぶことはない。

従えてきたのは、アザゼルが選んだ魔族の精鋭20名。

ベルーガ、カプレーゼ、チクタクを筆頭に、他も強力な魔法を使う連中ばかり。

軍からはオリバーと、厳選した人間を3名連れてきている。

バリア魔法しか使えない俺には、誰が強いのとかいまいちわからない。

みんなおんなじ。俺のバリア魔法を突破できないなら、申し訳ないが皆一緒。判断がつかないんだ、フェイとかメレルくらい突出していないと。

アザゼルにあの3人は大丈夫なのかと聞いたが、問題ないとの返答を貰った。実力十分。

今回、自軍から被害は出したくない。だから中途半端な連中は連れてきていない。その意図を理解していて、選び抜かれた総勢26名で来ている。

全員目を輝かせて好戦的なのは、手柄を欲しているからだろうか？

そういえば、アザゼルとかベルーガばかり重用しているからな。全員に活躍の機会を与えられる場というのは、もっと用意してあげたほうがいいかもしれない。

ファンサみたいに、眠れる人材は魔族に限らず人間側にも多くいそうだ。

のし上がりたい者には、今後も機会を与えるとしよう。実力があれば、自ずと頭角を現すはずだ。

「俺からの命令は二つだけだ」

大事なことだから、声を張り上げて伝える。

「1匹も逃すな。そして、誰一人死ぬな。それだけだ」

盛大に盛り上がる声が響いた。

案外、俺は盛り上げ上手かもしれない。仲間の士気が高まったのを感じて、いよいよ進軍する。

魔族の大半が空を飛んで、島へと向かう。

船に乗ったのは、俺とオリバーと付き添いのアザゼルだけだ。

……こういうとき、恥ずかしいんだよな。バリア魔法しか使えないから。

みんな当たり前のように空を飛ぶ魔法を使うよな。そんなのどこで習ったの？　学校？　家？

俺は習わなかったけど!!

「まあ、先に行かせるか。敵はどのくらいいるんだ？」

「ダークエルフは300ほど確認できています。海賊を味方につけていれば、もっと数は増えるかと思われます」

なるほどね。島の規模からして最大で500くらいか。

すくなっ！

3万対500を考えると、とんでもなく簡単な戦いに思えてくる。

今回は正面から挑むが、最強のダークエルフイデアと戦うときは、バリアに引きこもっちゃおうかなぁ。

……いや、それはつまらない。どうせ俺のバリアが壊れないとわかると、小賢しい手に出てくるに違いない。

こちらも詭道《きどう》で行くか。作戦がないわけではない。簡単に思いつくだけでも、数個アイデアが出てきた。

来たる本番が楽しみになりつつも、取り敢えずは目の前の敵に専念することにした。

エルフは特殊な魔法を使う。

生きた長さが違う故、鍛錬の時間も、知識の深さも全く違う。魔力をそのまま飛ばして矢としてきたときは、本当に驚かされた。

今回も、何か新しいものを見せてくれるだろう。ダークエルフとの戦いは学ぶことも多い。

先着組がすでに戦いを始めていた。

あらら、船じゃやはり空のスピードには追い付けないか。

島が騒々しい。かなりの数がいると思われ、あちこちで魔法が使われ、静かな島の姿は一瞬で消え去った。

激しい戦闘が繰り広げられる。

「どうやら、俺たちのお客さんもいるようだ」

島の対岸で、一列に並んだダークエルフの一団が弓を構えてこちらを狙っている。

「上は放っておけ。船に乗っているのがシールド・レイアレスだ。あれさえ討てば、我らの勝ちだぞ!!」

ダークエルフの声が、俺の乗っている船まで聞こえてきた。

こちらの襲撃も筒抜けだったか。

魔力に敏感なダークエルフに対して奇襲は難しいと思っていたが、まんまと罠にかかった状態だ。

船では機敏な動きができず、一方的に矢が当たる。

ダークエルフのあの強烈な矢が無数に降り注げば、船は木端微塵になるだろう。

俺の存在もバレているようだし。

結構危ない状況だな。まっ、俺がいなければだけどな。

「放てー!!」

ダークエルフの怒号とともに、空を黒く染め上げるほどの矢が降り注ぐ。拡散する魔法の矢。

どういう魔法かは知らないが、弧を描いて飛んでくる矢は万を超す数だった。

あれが綺麗に同時に飛んできたら、空の光も遮られるわけだ。

矢の中には、魔法で作られたもの、魔力だけで形作ったもの、更には本物の矢も交じっている。

なるほど、俺が相手の攻撃を反射するのも情報共有できているらしい。アイデアを捻ってきたわけか。

気に入った。

俺が使う魔法は、ただのシンプルなバリア。人生で最初に覚え、もっとも得意とし、もっとも普遍的な魔法。ただ守る。その一点に関して、これ以上に強い魔法を知らない。原点にして最強。

『バリア』

万を超すありとあらゆる矢が空から降り注ぐ。その時間、10分にも及んだ。

その間、ひたすらにバリアで守る。

空から槍が降ってるっていうのはこんな景色なんだろうな。

張ったバリアは船全体を覆うもので、10分間の攻撃にもびくりともしなかった。

悪いな。この程度じゃ壊れないんだ。

ダークエルフの一団による、普通なら必殺に至る攻撃をいなし、島へと近づいていく。

なんとなく船から見ていて気づいてはいたが、俺たちが上陸した頃には、島での戦いは終わりかけていた。

あとは残党を追いかけ回す段階に入っている。

船を狙ってきた弓矢のダークエルフの一団もたった一人の魔族に倒されて壊滅している。

矢が次第に収まったのは、彼のおかげか。

なんとも恐ろしいやつがいたものだ。

「よっと」

船から飛び降りて、島に上陸する。

ベルーガがグリフィンから飛び降りて接近してくる。

「生きているものは捕らえて捕虜にしております。ダークエルフ、海賊共に2割ほど生きております。お好きなようにご利用ください」

なんとも仕事が早いことで。

船に乗って、バリアを張っただけで全てが終わってしまった。

いいのかこれで……。まあ、いいよね！

状況整理と残党狩りがほとんど終わり、捕虜たちが島の岸に並べられていく。

これから船を何隻か回して、順々にこいつらを連行する予定だ。

海賊は新しく見つかった鉱山行き。仕事はきついが、ちゃんと働けば真っ当な道を歩めるようにしてやる措置をとる。

ダークエルフはアザゼルが情報を搾り取るらしい。うー、怖い。情報を吐くことをお勧めするぞ。

今後の予定も決まったことだし、仲間の安否も確認しておいた。

「優秀だな。全員よくやった。命令通りじゃないか」

結構ボロボロになっているやつもいたが、命令通り皆生きて戻ってきた。

なんとも頼りになる。

イデアとの闘いで、俺が考えているアイデアでも彼らにお世話になることだろう。

今のうちに実力を見られたのはでかい。

戦いが終わったら、褒美を出してやらねば。

頑張った奴らが報われる、ミライエはそういう領地だ。

「最大の手柄はギガです。以前より強い魔族と知っていましたが、今日も存分に活躍したようで」

上陸した魔族たちの満場一致で、一番の功労者はギガと呼ばれた魔族ということになった。ベルーガからも太鼓判を押すほどの活躍だ。

何せ海岸にいたダークエルフの弓矢部隊を一人で壊滅させた男だからな。俺も海岸での暴れっぷりは見ていた。

圧倒的な暴力、そう表現せざるを得ない強さだった。途中岩を武器にしていたときは、いろんな意味で目を疑ったほどだ。もっと効率のいいものがあるだろうに……とかは言わないでおく。

近くで見ると、両腕の筋肉が発達した魔族だった。刺青のような黒いゆらゆらとした線が描かれている。彼の一族に伝わる秘伝の魔法らしいが、詳しいことは知らない。

身体強化魔法を得意とし、自身の体のスペックの高さと合わさってぶっ壊れた肉弾戦の強さを発揮する魔族。それがギガという男の全てだ。シンプルが故に強い。俺のただのバリアと同じ原理だな。

「ギガか。名前と顔を憶えておく。何か欲しいものは？　帰ったら用意しよう」

「物はいらない。ここでの生活は気に入っている」

「だが、困る。褒美を取らせねば、他の者が活躍したときにも、何も貰えないのかと変な噂が流れかねない。貰ってくれ。なんでもいいから」

いかにも無口そうで、硬派なギガが黙り込む。ちゃんと考えてくれているようだ。

なんでもいいんだ。これでも最近すんごい金持ち領主になってるから。

「……シールド様と戦いたい」

「ほう。俺は、ステゴロは無理だ。魔法を使うが、いいのか？」

「もちろん」

「ならいつでもこい」

『バリア――物理反射』

一瞬鈍く重たい音が波の音を打ち消し、またすぐに穏やかな波の音が戻ってきた。

海岸に打ち上げられた鯨のようにぐったりと倒れ込んだギガを船に乗せ、俺たちは戻って勝利の美酒を味わうことにした。

うぇーいよー、今日はパーティーじゃあ。

二十話――バリア魔法の領地、好景気なので給料アップ!?

フェイが目覚めたとの報告を聞いた。

どこかでほっとしている自分に驚いている。

「なんじゃチラチラ見てきおって」

最近はずっと忙しかったから、フェイと食事を摂る機会も減っていた。

こいつが目覚めてまず向かう場所なんて、食堂しかあり得ないので、俺も食堂に来て同じ時間を過ごす。

コックのローソンもこの時のために力を温存していたみたいで、フェイの前には30人は招けるような量の料理が並んでいた。ま、これ全部フェイのための量だけどね。

「ふむ、相変わらずどれも微妙じゃな」

「ぷっ」

出た。フェイお得意のケチをつけながら誰よりも食べる、いつものやつ。

これが出たらもう大丈夫だ。

完全回復である。

串にささった肉を何本も平らげる。

あの小さな少女の体に次々と入っていくのは不思議だが、正体がドラゴンなので何の違和感もない。

ドラゴンには胃袋が三つあるらしい。

一つは体に吸収され、一つは魔力に変換され、もう一つは食い溜めできるらしい。食べ放題の店で無双できる胃袋である。

「団子もいるか?」

「デザートはあとじゃ。わかっとらん」

「すまん」

俺はそこまで食事にこだわりがないからな。腹が減って死にそうならなんでも食べるし、普段はこだわりもなければ好物も嫌いなものもない。腹を満たせればいい派である。

「食べ終わったら一緒に出かけようぜ。軍船を見に行こう。それと山がそろそろ拓かれるらしい。くー、この土地は楽しみが多いぞ」

「なんじゃ。はあ、子供のようにはしゃぎおって。危なかっしい。仕方なし、付いていってやろう」

こんなことを言っているけど、フェイもお出かけ大好きなのは知っている。

全く知らない人と酒場で飲んで奢らせるほどのコミュ力保持者だ。

アクティブなことに関心がないわけがない。

「最近領内が潤いに潤っててさ、つまりそれは俺の元にも金が集まっているということだ。どうせ俺には使い道がないし、今日は見て回るついでに査定もしようと思う」

「査定？」

そう、査定だ。

人の上に立つ者として、現場をちゃんと評価してやらねば。

流石に末端まで見ることはできないが、上を評価してやれば下への評価アップにも繋がる。

いずれは全体の給料を上げる予定だが、今は目立って活躍している連中に報いてやりたい。

「そう。お前の立場からも評価してほしいんだ。俺一人だと意見が偏る可能性があるからな」

「我の飯代にあてんか、そんな金があるなら」

「大丈夫だって。お前の食事代はいつだって確保しているから」

そんな愚かなことを俺がするはずないだろう。

常にフェイの飯代が優先。何があってもだ。これ絶対。

最強ドラゴンの怒りには触れたくないからね。こいつ、腹が減ると機嫌が悪いんだ、本当に。

災害時のために蓄えている予備食料並みにある。

「じゃあまずはアザゼルとベルーガだな。二人は俺の傍でいつも働いてくれているし、文句なしに給料アップ予定だが、一応意見を聞いておく」

「却下！」

「なんで!?」

ちょうどタイミングよくアザゼルとベルーガが食堂に姿を現した。

二人が一礼し、フェイの話の続きを待った。

二人の前でも、フェイは容赦することがない。

「アザゼル、お主最近何か個人的な用事で金を使ったか？」

「……いえ、全く」

「ほーれ見たことか。こいつは昔から無欲なんじゃ。ベルーガ、お主は？」

「……グリフィンたちにリボンを買ってあげました」

「お前のものではないじゃないか」

グリフィンたちを始めとするベルーガが使役する魔物にかかる経費は別途支給している。

となると、フェイの言う通り、ベルーガもほとんど金を使っていない。

「金を使わない連中に金を渡しても無駄じゃ。金を腐らす。金は天下の回り物。宝の持ち腐れもいいところじゃ！」

確かに……一理あるかも？

流石、黄金の王。天性の経済感覚がちょっとあるのかもしれない。

「アザゼル、ベルーガ、今のさらに数倍働けば給料を上げてやらんこともない」

「「はっ」」

二人してフェイに従順だった。それでいいのか……それでいいのか！

一緒に見て回るパートナーの人選をミスった気がしたが、本人がやる気みたいで今更なかったことにはできそうもない。眠っていた頃のフェイのほうが可愛かったと思っても、もう遅い。

ご飯を食べ終わった俺たちは、次に造船所へと足を運んだ。

ここではブルックスが金と資材を集め、ダイゴ、ルミエス、アカネが軍船の改良を行っていた。

まずはブルックスが挨拶してきた。

こいつには御用商人として美味しくて安定した商売を回してやっている。直接雇用しているわけじゃないので、特別手当を出してやろうか悩んでいるところだった。

「却下！」

「……理由を聞かせてくれ」

「まんまると太りすぎ。如何にも何にも困ってなさそうじゃ。以降もしっかり働け！」

「ははあ」

フェイの威光の前に、ブルックスは頭を下げるしかなかった。地獄の査定が続く。

そして、肝心の軍船組だ。

オートシールドはあれからアカネの改良によって、魔法だけでなく物理的な攻撃にも反応している。

敵にこちらの情報が洩れているだけでなく、敵から学んでいるのはこちらも一緒。

オートシールドは、ついに魔力による攻撃にも反応するようになっていた。

進歩の速度が素晴らしい。

魔力の量によって誤反応があるらしく、まだ最終調整が難しいらしいが、実用可能な代物にはなっていた。

これは楽しみだ。

非常によくやってくれている。

「アカネ、ダイゴ、よくやってくれている。給料を――」

「却下！」

ぐっ。もう隣の鬼上司の意見を聞く前に給料を上げてしまおうかと思ったが、強引に言葉を遮られてしまった。

「なんじゃこの程度。大波を立ててやれば、一発でひっくり返りそうじゃのう。あまい、あまい。あますぎる！」

規模の違う話だが、一理あるかもしれない。

矢や小規模な攻撃には対処できるオートシールド軍船だが、確かにフェイレベルの相手には通用しないよな。

いや、そこまで考えだしたら、なにも作れなくなるけど……。

「僕は今のままで非常に幸せですので。むしろこのままでお願いします」

「アカネもー！　毎日楽しいし、ダイゴとルミちゃんがいればいいかな。お菓子買えるくらいあればぜんぜーんＯＫ」

３人はすっかり仲良しみたいだ。

歳も近いし、才能もあるからだろう。近い世界が見えていて楽しいんだろうな。

思えば、アカネはよく笑うようになったし、よく喋るようになった。

俺と一緒に宮廷魔法師をしていたときは、二人して引きこもって書物にかじりついている時間が長かった気がするけど。

やはり話が合う友人ってのは大事だな。真っすぐ育っている気がする。キッズが楽しそうにしている領地は、いい領地なんだ。たぶん。

アカネとダイゴは領で雇っている人材なので給料を支払っている。けれど、ルミエスは保護枠なので、何も金を払ってやっていない。

「3人ともよくやってくれているぞ」

「子供に大金を握らせても碌な大人にならん。ほれ、次行くぞ」

なんか、それっぽいことを言われて、まるめ込まれないか？

まあ、まあ……不満も出ていないしいいか。

俺を前にして不機嫌だったルミエスに飴玉だけあげたらめっちゃ喜んでた。ぷぷっ、あのキッズは扱いやすくて相変わらず面白い。

次は、いよいよ山道を開通させたエルグランドとミラーの元へ行く。

俺の計画と、強い希望を実現させてくれた彼らには、流石に報いたい。

あそこは新時代の幕開けを告げる都市となる。その第一歩を踏み出させてくれたのだ。

功績はでかい、でかすぎる。

「却下！」

綺麗に切り拓かれた山を見て、感動している俺の隣でフェイが驚きの発言である。

まだ、何も言ってないけど！

何か意見を言ったら、却下されるものだけど！

史上初の先手却下を決め、フェイはご満悦な様子だ。

「エルグランド、ミラーよくやってくれた。あれから事故もなく、本当に素晴らしい仕事ぶりだ」

二人は相性が良いらしく、このままタッグを組ませることにした。

軍人としての戦闘能力はそれほど有能ではないミラーだが、管理職に回すと途端に輝きだす。適材適所ってやつだな。

　街作りは始まったばかりだ。景気づけに、給料をアップしておこう。

　却下は聞かなかったことにさせて貰う。

「こんな山、我なら一瞬で平地にできる」

「……お前はな。お前は。俺たちはそんな規模で生きてないから。

　それにフェイに任せたら、山だけでなく街まで綺麗さっぱり平らにされそうだ。

　それでは困る。

「それにしても。エルグランド、ミラー、お主ら汚いのぉ」

「す、すみません」

「風呂の施設をもっと充実させてやろう。その代わり、給料アップはなしじゃ」

「いいんですか!?」

　エルグランドをはじめ、ここの作業員たちが風呂という単語に食らいついた。

　ミラーなんて、両手を合わせて目を輝かせて涙している。

　え？　なんかフェイのほうが感謝されてない？

　そんなのあり？　ずるくね！

　納得いかないけど、フェイの約束したことだけは手配してやろう。

　神様！　と叫ばれるフェイはとても上機嫌だ。

　この場ではもう形勢逆転は無理と判断して、次は軍の宿舎へと向かった。

軍の規模は拡大しつつ、５００名を超しつつあるこの場は、オリバーとカプレーゼが毎日皆を率いて厳しい訓練をしていた。

それは知っていたのだが、今日は特に活気に満ちている。

見れば、ギガがこの場にいた。

先日のダークエルフ掃討戦で最大の功績を残した魔族の戦士である。

やはり単純な強さということは、戦士の中では尊敬に値するらしい。

これまでどこにいたかは知らないが、ここに配属されたギガは生き生きとしていて、周りもいい影響を受けている。一人の存在でここまで空気が変わるのか。素晴らしいことだ。

「よう。日々、ご苦労。領地の平和はお前たちの存在によって守られていると言って良い。治安が良いのも、軍がしっかりしているからなのだろうな」

「却下！」

査定関連のことは何も言ってないけど⁉

お前却下言いたいだけだろ‼

「オリバー、貴様はハズレを引きすぎじゃ。もっと自らの力を使いこなせ、馬鹿たれ」

特殊な憑依という力を使い、過去の偉人の力を借りることができるオリバーだが、最近はハズレと呼ばれる偉人ばかりを引いて役に立てていない。

言われてみれば、オリバー最近仕事してないな。初の給料ダウン者か⁉

「す、すみません。シールド様、どうか見捨てないでください！」

「よくやってくれてるよ」

よしよししておいた。泣きつかれるおっさんによしよしなんて、人生初の経験だ。

「カプレーゼ、武器に頼りすぎじゃ。もっと身のこなしを磨け、愚か者」

「……ちぇっ。やっぱフェイ様にはお見通しか」

普段お調子者のカプレーゼもフェイの前では非常に素直だ。言われてみれば体の線が細い。武器を巧みに扱う彼女だが、根本的に戦士としての力が弱いのも確かだった。体幹を鍛えるように！

「他の筋肉バカどもには、金より、トレーニング施設を増強してやれ。そっちのほうが喜ぶじゃろう」

うおおおおおおおおおおという歓声が上がる。

……納得いかないのは俺だけだろうか。

そんな異様な空気感の中、一人前に進み出てくる男がいた。魔族のギガだ。

「どうした、ギガ。お前は給料アップがいいか？」

なっ！　そうだろう！　俺に給料を上げさせてくれ！　頼むから！

「いや、金なんていらないです。必要最低限で結構」

「では、何か欲しいものが？」

この際物でもいい！　ゴールドだろ？　シルバーか？

「フェイ様と一度手合わせ願いたい」

!?　これまた……。

「よかろう！」

体調も回復して、飯もたらふく食べたフェイだぞ!?

いいのか、ギガ。先日のバリアのダメージも抜けきっていないだろうに。

——軍の訓練場に、鈍い音が鳴り響いた。

殴り飛ばされたギガが、砂漠で力尽きたラクダのごとく横たわっていた。哀れ。

本日の査定結果、給料アップ者なし！

我が領地は、ブラック領地かもしれない。

「シールド、我は偉いからもっと金を寄こせ。ほれっ」

ポケットマネーから大量に金を出しておいた。フェイの飲み代が経費になる未来だけは阻止しておく。

この後、領内でもっとも有名な酒場で飲んでくるらしい。

「ったく」

まあ、平和だからいいか。

次回の査定はいつやろうか。そんなことを考えながら、俺は屋敷に戻っていく。

二十一話――バリア魔法で水中へ

俺のところまで上がってきた報告書から、海産物の価格が超高騰していることがわかった。

最近はアザゼルに任せっきりじゃなくて、自分でも細かい情報にも目を通すようになったからな。

こういった情報にもいち早く気づける。

更に詳しく見ていくと、やはり高騰している理由は漁獲量が減っていることに起因する。

ミライエの漁獲は、南東に位置する街ウンムと、領主の街ルミエスがほとんどを担っている。

今後は、北のサマルトリアの広大な土地を利用して港を整備し、そこで漁獲量を増やせればいいのだが、街の完成はまだまだ先だろうな。

先のことばかりを考えて現状を放置するわけにはいかない。

漁獲量が減っている理由は……、実は俺のせいだったりする。

俺に原因があるので、こういう情報に敏感になったのかもしれない。

このルミエスの街もかつては漁獲生産の活発な街だった。むしろそれが産業のメインだったと言ってもいい。

それが、街が急速に発展し、領内が豊かになったことで漁師をやめる人が多く出た。

他にうまい仕事が多かったからだろう。

それに加えて、最近俺が軍船ばかり作らせて、資金をそちらに回している。

船を作っていたほうが金になるなら、やはり人材が集まるのは当然であり、海の男たちは次第に数を減らしていたわけだ。

やってしまった。

完全に俺のせいだ。

今朝、領主の館には当然のように魚介類が並んでいたが、あれは凄く高価なものだったのか……。

魚介類がなければ、お菓子を食べればいいじゃない、がリアルにできるほど我が領地は豊かだが、今の価格はあまりに不健全である。

それに最近の急速な発展についてこられていない領民もまだまだいるという。

流れ込んでくる大商人のやり方や、今の変革に納得できる者たちは新しい生活を楽しめているようだが、当然新しい生活に反発する者も出てくる。

全員が生き生きと暮らせない土地に価値なんてあるのかい？

ない！

ならば、新しい仕事をどんどん作ってやるか。

「ようし、新しい試みをやってみよう」

これも最近報告書によく目を通すようになった恩恵だろう。

新しいダンジョンが見つかった報告も受けている。

規模が大きすぎて、今のところ冒険者ギルドは手を出しておらず、冒険者の立ち入りも制限しているところだ。

以前アザゼルが魔族を引き連れてダンジョンの再調査をして、新しくいくつかルールを取り決め、同時に古いルールもいくつか撤廃したところ、生存率が大幅に改善された。

その上、仕事の達成率も大きく上昇したと聞いている。

その功績もあって、今ダンジョンは非常に熱いスポットになっている。

ダンジョンを活用しない手はないだろう。

新しい首都から森と荒野を挟んだ西の土地にアルプーンの街がある。新しいダンジョンはここで見つかった。

田舎町で、西に交易で発展している街ヘリオスがあり、北には山脈のどん詰まり、東は未開の地サマルトリアという厳しめの土地だ。

好景気に沸くミライエの中でも未だ、金に目のくらんだ商人たちに目をつけられていない街。しかし、俺にはいい条件だ。

ここに新しい産業を作る。

そのためには下見が必要だ。

「アザゼル、数日ここを空ける。ファンサとともに仕事の代理を頼めるか」

「はい、お任せを」

気づけばファンサに頼ることも多くなってきた。

彼女には雑事も任せてあるので、やはりもっと人を増やさないといけないなと思う。

査定アップも失敗しているし、本格的に人事改革が必要そうだ。

俺の想像があっていれば数日かかる仕事になりそうだ。下手したら数週間。

一人くらい補佐が欲しいけれど、皆忙しいしどうしようか。

「我が行こう」

……フェイが名乗りを上げた。

俺が人を探しているのを察したらしい。

断りたい。うーん、断りたい。

確かに最近こいつとは関わる機会が減ってきて、たまには一緒にいたいと思うときもある。

けれど、つい先日の給料アップ査定全却下事件を思い出すと、俺は非常に嫌な気持ちになる。

「お主のやろうとしていることから、美味しそうな匂いがする」

くそっ、アザゼルあたりに聞いたのだろうか。

俺が漁獲量の対策に出ることを知っていた。

全く、全然そんなことに興味がない感じがしていたが、暇なこいつには面白そうなイベントをかぎ分ける力があるらしい。

寝込んでいるときは心配したが、起き上がってしまえばやはり厄介な存在である。

「仕事の邪魔をするなよ」

「我がいつ邪魔したことがある。先日の給料査定も現場から非常に好評ではないか」

実際そうだから反論のしようがない。

単純に給料をアップしているよりも現場の反応が良いのは確かだ。

なんか、腹立つ。

こいつのほうが有能とか、普通に腹立つ。

毎日必死に頭を悩ませている俺より、好き勝手に飲み食いして思い付きで行動しているこいつのほうが有能なんて、そんなの許せない！

けれど、世の中そんなもんだよね。俺はそっと一人泣いた。

「仕方ない、それじゃあ行くか。グリフィンに乗っていこう」

「あいつらも毎日こき使われてそろそろ疲れてきておるじゃろう。久々に我の背中に乗ることを許そう」

フェイの上に？

久々ってか、俺は一度も乗ったことがないぞ。

「くくっ、人間で我に乗ったことがあるのは、お主で二人目になる。感謝するがいいぞ」

そう言われると、非常にありがたいものに思えてくる。

一人目は誰だったのだろうか？

聞いてもはぐらかされる気がしたので、聞かないでおく。

いずれ話してくれるまで待とう。こいつとの時間はまだまだあるのだから。

黄金の翼が開かれ、ルミエスの街にバハムートが姿を現したのは、1か月も街のホットな話題に上がる事件となったが、この領地は毎日何かしら凄いことが起きているので人々も慣れつつある。

フェイの出現は新聞の一面で取り上げられ、人々を大層喜ばせたそうな。

バハムートの飛行はグリフィンとは全く違う。

荒い!!

スピードが桁違いで、風から守るシールドもないので強風がもろに体を襲う。

吹き寄せる風対策でバリアを張ることになったのは初めてだ。目すら開けていられないほどの風の勢いは、初めて経験した。

あっという間にアルプーンの街についた俺たちだが、フェイが黄金のドラゴンの姿だったため、街の人たちを驚かせてしまった。

けれど、俺の顔も広く知れ渡り始めたので、ドラゴンから降りてきた姿を見て領民は安心していた。

なんだ、結構認知度高まってんだね。ちゃんと仕事してきた甲斐があるってもんよ。

死の領主として有名なだけかもしれないが……。少し騒ぎになったが、それもすぐに落ち着いた。

さっそく噂になっている新しく誕生したダンジョンへと赴く。

お偉いさんが挨拶しにきたが、そんなのはいい。

一緒についてくるか？　と聞いたが、ついてこないらしい。じゃあ、全て俺に任せておけ。

以前、イケメン冒険者アイザスと入ったダンジョンと似たような作りだった。

斜めに下っていく地下ダンジョンで、滑りやすい足元を確認しながら進んでいく。

バリア魔法を使えば楽に進めるが、一般人が通れるか確認するために丁寧に歩いた。

整地すればもっと楽に進めそうだ。

細かいところまで条件を確認する。

俺とフェイだけが通れる場所であってはならない。

魔法も剣も使えない一般人が通れる場所にしなければならない。

斜めに下り終わった先には、広い水場が広がっていた。

ここは水のダンジョンである。

来た、来た！　報告である程度見えていたが、予想していた通りの光景だった。

地下にある広大な水場は、端が見えないほどの規模だ。

どこまで続いているのだろうか？

冒険者からしたら興味のない話だろうけど、ここを管理する気でいる俺からしたら気になる事柄だ。

水も舐めてみる。水質チェックだ。

塩っ気がする。海水に近いだろう。

そして、顔を突っ込み中を覗き込むと、大量の魚群が見えた。

見たことのない魚だから、おそらく魔物に近い品種だ。

数が凄いことを考えると、水とか水中の生態系が豊かなのだろう。

「フェイ、ちょっと何匹か獲ってくる」

「なんじゃお前。そんな心得があったのか？」

ない！　けど、気分の高揚している今の俺なら何匹か獲れることだろう。

ダンジョン内に生えた木の枝を折って、銛《もり》とする。

とりゃっ。

服を脱いで、華麗なるフォームで水に飛び込んだ。

水は冷たいが、体にあるバリアで俺の体温が落ちることはない。

やはりバリア魔法最強である。

水中に潜っても、しばらくはバリア内の酸素を吸うことができる。

常人よりかなり長いこと潜水できる。

やはりバリア魔法最強である。

大事なことなので、何度でも繰り返すぞ!

触角を付け、腹の大きく膨らんだ見た目やばそうな魚群が目の前を通っていく。ゆらゆらと泳ぐ姿は、俺を警戒していない。人間を見るのは初めてだろうか。

見た目はやばいが、ゲテモノはうまいと相場が決まっている。

これは簡単な仕事になりそうだ!!

木で突いていく。

「あ、あれ?」

水中に俺の戸惑った声が響いた。

どうやら、引きこもってバリア魔法ばかり鍛えていた俺が通用する世界ではなかった。

何度も繰り返したが、魚を獲れる気がしない。速すぎる、速すぎるぞきも魚たち!!

人間を警戒しないわけじゃないらしい。己の瞬発力に絶対の自信があったのだ。

あの触角は事前に危機を察知し、膨れた腹はどうやら瞬発力を発揮する筋肉の塊だったらしい。

通用する世界ではない……。俺はそっと涙を溶け込ませ、水面に顔を出した。

陸では肘をついて寝転がるフェイがいる。

「なんじゃ、1匹もとっておらんな。我は腹が減った。はようせい」

女王様がお腹を空かせている。

なんとか仕事を達成しなければ！

二十二話――バリア魔法で捕獲調理食す！

正直、俺の腕前と、こんな木の端くれで魚を獲るのは無理だ。

俺の腕が3割、道具が7割悪い。そういうことにしておこうと思う。

「はようせい」

陸の上で寝転がって女王様が腹を空かせている。

不機嫌さが伝わってくる。

ついてきたのに、何も仕事をしていない。

まあ、それはいい。この後大事な仕事をして貰うから、どっちにせよフェイは必要だ。

木の棒を捨てて、大きく息を吸って再度潜る。

バリア魔法で息が長持ちするとはいえ、流石にずっとは潜っていられない。

なんとかきも魚を数匹でも獲って食べてみなければ。

少し工夫が必要そうだ。

初めての試みをする。

バリア魔法というのは、外からの衝撃には強く、内側からはすり抜けるようにできている。

一般的には守りに使うものと思われがちだ。ていうかそれが普通に正しいけど……。

けれど、今回は攻撃的なバリア魔法を使っていく。

魚群を見つけ、バリアを張って正面の逃げ場をなくす。左に逸れたところを見て、遠隔でバリアをもう1枚。今度はそっちか！

バリアを作り上げること6枚。魚群を閉じ込める正方形のバリアが出来上がった。

確かに倒すことはできないが、長さ3×3メートルサイズ、正方形のバリアの中に軽く数十匹のきも魚を捕らえることに成功した。

「よし、ぼぽぶ」

喜んで少し多めに酸素を失ったが必要十分量は残っている。

広い水の中なら勝負にならなかったけれど、このサイズにその量なら流石にいける。

バリアを地上近くまで寄せて、バリアを自由に通り抜けられる俺も中に入る。

もがくこともう数分。なんとか数匹のきも魚確保に成功した。

できれば新鮮なものが良いからな。バリアごと全ての魚を運ぶのはやめておいた。食べる量だけ都度獲る。

地上でぴちぴちと跳ね回るきも魚はイキのいい証拠だった。

頭についた2本の触角と、ぬめぬめした粘膜のある体、膨れた腹が若干きもいが、たぶん食べられる。たぶんってところがミソだ。

くくっ、そのためにフェイがいるんだから。

「フェイ、どうだ？　食べてみてくれ」

勧めてみる。

きもいし、怖いけど、フェイなら……。

立ち上がり、地上で跳ね回るきも魚を捕らえ、水でパシャパシャと洗った後、ぱくりとそのまま食べた。

何も下処理はいらないらしい……。恐れもない。ドラゴンの腹は丈夫で助かる。

「……うん、うむ、ん？　ほう、あらら、うまいのぉ」

「え!!」

驚きだ。

フェイから『うまい』という言葉が出た。

相当お腹が空いたときか、超ご機嫌な時にしか出ない『うまい』の一言をいただきました。

今は超ご機嫌ってわけでも、かなり空腹ってわけでもない。

そんな中、うまいと言わせたのだ。これは相当うまいのでは？　フェイセンサー的には満点といえる反応だ。このきも魚……もしや。

しかし、肝心なことが確認できていない。

「毒とかあるか？」

「知らぬ。あっても我には効かぬ」

それもそうだった。

全く、規格外のやつに毒見をさせても意味がなかったか。

かといって、俺にも毒は効かないんだよな。

体の細部、つまり内臓にまで張った特製バリアが毒を中和してしまうんだ。

だからアルコールにも強かったりするが、今だけ解除するか？

しかし、こんなところで食あたりは勘弁願いたい。

アザゼルとかベルーガを連れてくるべきだったかもしれない。

いや、あいつらも毒とか効きそうにないなぁ。

俺の部下って毒とか効きそうにないやつばっかり……。どいつもこいつも怪物染みた連中だよ！

仕方ない。安全性を確認しないといけないし、解除するか。

解毒用の特製バリアを解除しておいた。

新しくバリアを張って、調理板にする。バリア魔法って清潔で頑丈だから！　便利だよね！

サバイバルナイフを取り出して、このゲテモノ魚を捌いていく。きも魚ではかわいそうなので、暫定的にゲテモノ魚と呼ぶ！

「大差ないのぉ」

フェイの意見は無視だ。

「ほう。意外と器用ではないか」

ゲテモノ魚を捌いていく俺に感心する。

「まあ料理くらいはしてたからな」

幼少期、特殊な環境で育ったため、大人数の料理を作ったことがある。

その時の経験だな。

それに、この魚は細かい骨が少なくて捌きやすい。

綺麗に身を切り分け、内臓を取り出す。

血抜きも上手にできたので、臭みもなさそうだ。

食べやすいサイズに切っていく途中で既に気づいていたのだが、この魚脂身がすごい。

赤身で引き締まった身の部分と、脂身の部分に綺麗に分かれているのも助かる。

特徴別の部位ごとに切り分けて、バリアの調理板兼皿に並べた。

バリア魔法があってよかった。でないと野人みたいな食生活になるところだったからな。

刺身にして、花びらを模して並べておく。

「綺麗なもんじゃ。さて、いただくとしよう」

「待て待て、塩とかないか？」

「あるわけなかろう」

くぅ、これだけうまそうなのに、あまりに準備不足。

少し後悔しながらも、今回は美味しいものを食べるのが最大の目的ではない。それを思い出して、試食に入る。

「ん!?」

もちろん食欲そそるトロトロの脂身から口にした俺は、目を見開いた。

そして、自然とほころぶ口元。目がトローンと垂れる。

う、うんまー!!

なんだこれ!!

うますぎる。あまい、脂身があまい。

噛まずとも口の中の熱で溶けていく。自然と自分の頬を両手で覆っていた。

ゲテモノはやはりうまかった。先人よ、やはりゲテモノはうまいです！　最高だ。これは神食材である。

こんなうまいものが、このダンジョン内には溢れているだと!?

バリアの調理板の上にもまだ2匹、バリアで囲った中には数十匹。

何より、この広大な海のダンジョンにはこの魚だけでなく無数の魚がいた。……もっとうまい魚がいる可能性もある！

ここは宝箱だ。とんでもないお宝スポットを見つけてしまった。

先の展望ばかり考えず、目の前の食材に思考を戻す。

脂身の次は赤身を食べていく。

こちらも口の中で柔らかくとろける。ほとんど嚙む必要がない身の柔らかさと、濃厚な旨みが口に広がった。

個人的にはこっちが好きかもしれない。

「ふむ、断然脂身じゃな。栄養価が違う。肌に良さそうじゃ」

栄養面とか美容面を気にするやつが酒場の酒を飲み干すか？

まあ野暮なことなので、言わないでおく。

「骨も煮込んだり、揚げたりすれば食べられそうだ」

「そんなことせずともうまい。皮もうまい」

お前はな！　これほどぴったりな反論もないだろう。

全てがうまい。触角もきもいけど、嚙み応えがあってうまいんだこれが。

見た目以外は完璧である。

食べられる部位も多く、処理は簡単。粘膜は鱗の数段簡単に取れる。なんなら粘膜がこの魚の鮮度を維持してくれる役割も担ってくれている。なんだ、この人間様に食べられるために生まれてきたような食材は。いや、魚か。いやいや、魔物か。食えればどっちでもええか！

次に、枝などの木を集めてきて、石で囲って、フェイに炎魔法を吐いて貰った。

白と黒の消し炭にされてしまったので、もう1回。

「優しく！　お前が思ってる優しさより、もう3段階くらい優しくだ！」

「わからんわい！　もう火種程度でいいか？」

「うーん、火花くらいのイメージで！」

正解だった。

火花くらいの勢いの炎魔法でちょうど強めの焚火が出来上がる火力だった。

これが経験値ってやつだ。長い付き合いの俺だからこそできたフェイの火力調節。

普通ならこいつの規格外の力で焚火なんて作れないからね。俺の数少ない自慢できる事柄だったりする。

火を使えるようになったので、いよいよここからが本番だ。

ゲテモノ魚の口から細い木の枝を串代わりに刺して、火の傍で焼いていく。塩がないのはやはり残念だが、魚の脂身が焼ける香ばしい香りだけで十分だった。

煮物は今回できそうにないけど、野菜と一緒に煮込んだら絶対に旨そうだ。

根菜と相性がいいに違いない。魚の脂を吸い込んで、きっとホロホロで濃厚な味になるんだ。スープも濃厚でとろける、最高だ！　想像しただけで涎と、脳内に危ない汁が出てきた。

「ほれ、焦げるぞ。ひっくり返さんか」

「はい、はい」

自治領主となった俺をこれだけこき使うのはこいつくらいだ。

まあ、俺もこっちのほうが気楽でいいんだけどな。もともとただの庶民出身だし。

本来ならこういう扱いだけでなく、野生的な生活にも向いている。魚が焼け、火がぱちぱちと鳴る、解放された気楽な時間が俺を癒してくれる。

こんがりと上手に焼き上がったゲテモノ魚は、皮がパリパリと仕上がり、軽く焦げ目をつけている。

くぅー、見るだけでお腹がいっぱいになりそうだ。

幸せってのは、この瞬間のことを言うんだろうな。

早速焼き上がったゲテモノ魚に、ぱくりとかじりついてみた。

ぱん!!

頭の中で何かが弾けた。

間違いなく、なんかやっちまった。

うますぎて、体がいけない成分を作り上げている。ふ、震えまで!!

「うんま、うんま!!」

「最高じゃの。もっと焼けシールド!」

「うんまー、うううううんまー!」

待て待て。これを食べてからにさせてくれ。

急いで食べ終わり、次の焼き魚に入る。

止まらん!　このうまさは止まらん!

結局俺は刺身を含めて3匹分食べてお腹が膨れたが、その後もフェイのために焼き続けた。

バリアの中のゲテモノ魚がすっかり食べ尽くされた。

それほどまでにうまかったのだ。

「ふぅー、これは悪くない魚じゃ。我が命名しようか」

「頼む」

俺はネーミングセンスとか、そういうのに自信がない。バリア魔法しかできないんだ、これ本当に。だから、こういうのを率先してやってくれるのは素直にありがたい。

「ショッギョ」

「いいね」

即答しておいた。

アルプーンの街に現れた海のダンジョン内でとれる魔物の魚。脂身が豊富で、赤身の部分も身が柔らかく美味しい。漁獲量問題を解決に導いてくれそうなこの魚の名前は、ショッギョに決まった。

少し不安なのは、俺たち二人ともネーミングセンスがなかった場合だが、そんなことあるわけないか！　がはははは。

たいていどっちかがセンス悪いと、もう片方はいいと相場は決まっているんだ。

「さて」

ここからが俺の仕事の仕上げだ。

この魚を流通させるためには、残りいくつかの工程を作り上げなくてはならない。

二十三話――バリア魔法で海底探索

ショッギョが食べられる魚ということがわかっただけでも大きい上、これが非常に美味しいことまでわかった。

それにダンジョンの特性上、これはとあるルールを守れば安定した供給量を得られる。

ダンジョンのボスを攻略せず、ダンジョン内の魔物を根絶やしにしないことだ。

この二つをやってしまった場合、恵みに満ちたこの海底ダンジョンが閉じられてしまう。

もう一生ショッギョが食べられなくなってしまう悪夢が待ち受ける。

お金や漁獲量の問題だけではない、ショッギョを食べられなくなることが許せない！

あんなうまいものを知ってしまったら、もう昔には戻れない。

それはフェイとて同じだ。

この恵みを失ったら、世界の破滅が待っているかもしれない。

最初にやることは、ここのダンジョンのボスを見つけることだ。

幸い、魔物の数は少ない。

というより、好戦的な魔物がいまのところ見当たらない。

少ない陸地には一切出てこないし、水の中も平和だ。

やはりショッギョとか、海底に見える魚介類が魔物判定になっているのだろう。なんという当たりダンジョンなのか。

魔石や鉱石を採れるような場所ではないが、今回は魚が目的なので全く問題ない。

海を泳いでいくことしばらく、全くダンジョンボスが見つからない。

ていうか、広すぎだろ！

水平線の先が見えない。

一体どれほどの規模なんだ。

魔物を倒すのが目的の冒険者からしたら、ここはハズレのダンジョンだと思う。

ダンジョンは異質な空間なので、地上の空間とはリンクしない。

広大なこの海底ダンジョンの最果ては、もしかしたらミライエ領地よりも広い場合すら余裕であり得る。

だめだ。俺が極上に美味しそうなぜい肉でもぶら下げていない限り、ダンジョンボスが食いつきそうにもない。今ばかりはまんまる太ったブルックスが恨めしい。

陸に上がり、満腹でうたた寝しているフェイの元へと向かった。

頬をぺちぺち、ぺちぺち、ぺちぺちっ。

「やめんか」

これ、癖になりそうだ。

「フェイ、この中でもう1回飛んでくれ」

「ああん？　こんな天井の低い場所嫌じゃ」

そう、水面と洞窟の天井間は狭くて、黄金竜バハムートが飛ぶにはあまりに狭い。

天井から垂れる鍾乳石とかボロボロに壊しそうだ。

しかし、今回お願いするのはもっと無理難題だ。

「すまん。海の中を頼みたいんだ」

海かどうかは知らないけれど、海水だし、広さ的にも海でいいだろう。

とても俺の水泳技術で探すのは無理だ。

「嫌じゃ」

「ショッギョの安定供給のためだ。力を貸してくれ」

「ショッギョのため？　うーん」

おっ、絶対に無理でもなさそうだな。いい反応だ。

何度か押してみるか。

「コックのローソンの腕でちゃんとした料理になってみろ。どれだけ旨いか。それにこれは酒にもあうと思うぞ。全ては今日一日の働き次第だ。お前はこの先も長く生きるんだ。食事のラインナップが増えるのは悪くないだろう？」

「……一理ある」

「長い人生の暇つぶしだよ。こういうのが後々良い思い出になるんだから。なんなら人類の歴史に残る偉業かもな」

「別に人間ごときの歴史に残ろうが残るまいがどうだっていいわい。けどまあ、今後も食べられるというのはいい。よし、行くとしよう」

来たああ！

釣れました。

今日一番の大物釣れました！

黄金竜の姿に戻ったフェイは、そのまま海中に飛び込む。

あいつは息継ぎも、水の抵抗も関係なさそうだが、俺はそうもいかない。

海中に飛び込んで、バハムートの周りにバリア魔法を球体状に張る。

これがある限り、水の抵抗は大丈夫そうだ。

しかし、酸素量はこの中のものを消費しきったらおしまいだ。

「うおっ、とととと!?」

フェイが海中でもすごいスピードで移動する。

俺を乗せていることを全く気遣ってくれていない。なんとか早めにダンジョンボスを見つけなければ。

「フェイ、頼りっぱなしで悪いが、当てはあるのか？」

「任せろ。雑魚どもの中にも、少しまともなのもいる。それを見つけるだけじゃ」

雑魚には変わりないと。フェイの感覚を頼りにできるなら、しばらく任せてみるとしよう。

戦闘は俺が担当する。

見つけてくれるだけでいい。

やはりフェイのスピードは凄まじく、水の抵抗を全く感じさせない。

ショッギョの生態が心配になるスピードだ。

「いたな」

「おっ」

心配していたよりも早く見つかった。フェイの感覚も素晴らしいが、運もあっただろう。その運すらフェイのものである可能性もあるが。

急停止して謎の海流を生み出すフェイの圧倒的スピードは、ダンジョンボスと思われる巨大なイカの魔物をグルングルンと回転させる海流を生み出していた。

圧倒的な生物は、止まるだけで相手をいたぶるらしい。実際、地上でもこいつが飛ぶだけで露店がぶっ壊れる。

存在自体がやはり災害レベルだ。

イカの魔物は体内に巨大な紫色の光を放つ魔石を持っていた。半透明の体からその怪しげな光が漏れ出している。

ほぼ間違いなくダンジョンボスだ。

目的地はずいぶんと深い海の中。

自力じゃたどり着けなかっただろう。

放っておいても他の冒険者がここまでたどり着けるとは思えないが、念には念を入れておく。

先ほど開発した立方体のバリア魔法を使う。

そう、ショッギョたちを囲って逃がさないのと同じだ。

ダンジョンボスに今後誰も手を出せないように、バリア魔法で囲う。

俺はバリア魔法しか使えないと思っていたが、その思考は俺の可能性を制限していたみたいだ。

バリア魔法でできることならなんだってできる。それが俺の力だ。

「俺流の封印魔法」

ダンジョンボスを閉じ込めた巨大な立方体のバリア。

隙間はなく、水と餌となる魚だけ通れる作りにしておいた。

人も魔法も、このバリアを通ることは叶わない。

3年に一度バリアを更新する必要があるが、とりあえず3年、このダンジョンボスもダンジョンも消滅することはなくなった。

魔物はエサで生きているわけじゃない。他の生物の魔力を吸って生きるので、この作りでダンジョンボスが自然に死ぬこともなくなる。

完璧な俺なりの封印魔法だ。

殺さず生かさず。ショッギョの恵みだけいただいていきます。

なんの活用方法も見つからないと思われていたアルプーンの街に現れた巨大海底ダンジョンのおかげで、この街と領地に大きな恵みを生み出せそうだ。

まだ手を付けていない恵み系ダンジョンはあるかもしれない。再び調査が必要そう。

「シールド、しっかりと掴まっておれ。強いのが近づいてくるぞ」

少し緊張が走る。

フェイが警告するほどの相手だと？　このイカはダンジョンボスではなかったということか。

暗い海中に笛を吹くような美しい音が響いた。

明るい地上で聞いたら素直に美しい音色として聞けた音も、こんな海中では化け物の鳴き声以外に感じられない。少し鳥肌が立った。

フェイがいたから安心していたが、ここが海の深くだと考えると途端に恐怖が襲ってくる。

人は水の中ではあまりに無力だ。

水に流されるように進んでくる美しい銀色の長い竜が見えた。

あっちがダンジョンボスか。強さよりもその美しさよりも、出会った場所のせいで、恐怖がより一層強まる。

「……お主、リヴァイアサンか」

「フェイ様、３００年ぶりです」

近づいてきた美しい銀色の竜は、目の前で人の姿に変身した。

こちらも美しい少女の姿だ。銀色の長い髪の毛が水の中で綺麗に漂っている。生き物のようにゆらゆらと動く髪の毛は、少女の身長の3倍の長さはありそうだった。

それにしても少女の姿に変身するのは流行りなのか？　それとも有益なのか。

そう考えると、美しい少女に優しくしない人間も少ないので正しい擬態なのかもしれない。

「シールド、こやつはダンジョンボスではない。我のツレじゃ」

ツレ。ダチ。300年経ってもずっともってこと？

「300年経ってもフェイ様は相変わらず美しいですね。またご一緒させていただいても？」

「構わん。今は人の世界でのんびり暮らしておる」

「あの醜い生物の人間と？」

なんだか良からぬ雰囲気。この後の展開が見えてきたから、俺はそっとバリア魔法の準備をしておく。

「我の上に乗っているバカのおかげで、まあそれなりに楽しめておる」

「バカってお前……」

まあ、いいけど。楽しんで貰えているなら、そちらのほうが大事だ。少し嬉しくもある。

「……美しくない。フェイ様に相応しくない。人間が嫌で300年この美しいダンジョンに籠っておりました。しかし、フェイ様とは一緒にいたい。うーん」

リヴァイアサンが悩む。

そして、結論が出たらしい。

「私とフェイ様だけの世界を作りましょう。世界を水に飲み込ませるのです」

「やめておけ。人間どもの強さはお主も知っておろう」

「300年力をためていたので問題ないかと。さあ、沈むのです、人間」

聞く耳持たずだな。

『海魔法――暗い海の底』「私でも未知の領域、ダンジョン底の水圧をその身に受けるがよい」

『バリア――魔法反射』

悪いが、当然撥ね返す。

いかにも恐ろしい魔法だが、俺のバリア魔法には敵わなかったみたいだ。

圧倒的な水圧が撥ね返り、美しい少女の目と口、鼻、耳から血が溢れ出る。

あれを食らっていたら、俺ではその程度では済まなかっただろうな。一瞬にして体が粉々に砕かれていただろう。

銀色の髪をした美しい少女の体から力が抜け、ゆらゆらと海を漂い、浮力で上がっていく。

「死んだか？」

「自らの魔法で気絶しただけじゃ。シールド、いいことを教えてやろう」

「ん？」

「ドラゴンを従えるには力を見せるのがいい。目を覚ましたリヴァイアサンはお主の言うことを聞くようになっとるじゃろう」

良いことを聞いた。しかし、ドラゴンを従えるなんて発想はなかった。

こんな規模の違う存在とともに過ごすなんて発想、普通はしないからな。

気を失ったリヴァイアサンを抱き寄せて、俺たちは地上へと向かった。

二十四話――バリア魔法でクラフト

さあクラフトの時間だ！

ダンジョンボスは押さえた。後は漁師たちが安全にショッギョをはじめとする、ここの海の幸を確保できるように俺が補助してやらなくてはならない。

まずは陸路の整備。

怪しげな穴は全てバリア魔法で閉じておく。

魔物は見えていない。フェイがいるから雑魚魔物が近づいていない可能性があるが、念には念を入れて封じておく。

しかし、この懸念は作業中に目覚めたリヴァイアサンによって安全を担保された。

「あなたの心配していることは起きないでしょう。ここはイメージ通り、海が広がるだけのダンジョンです。先ほど閉じ込めた魔物くらいでしょうね、危険があるとすれば。他は、海とさほどリスクは変わらないかと」

なるほどね。

当然溺れたり、水特有のリスクはあるものの、普通のダンジョンとして扱う必要はないと。

ならば、魔物対策は一旦置いておき、道の整備に入る。

足元が悪いからな。

地上からここへいたる道は、緩やかに下る。岩場がごつごつと目立ち、滑りやすく、非常に歩き辛い。

ここにバリア魔法を張っていき、階段を作成する。

地面のコーティングだ。

バリア魔法は滑りもしないし、いくら踏みしめられても壊れもしない。

一段一段クラフトしていく。

結構な長さがあるが、魔力量の消費が少ないので何とかなっている。

地上までのバリア階段が出来上がるまで数時間を要した。

しかし、一度作ってしまえば3年も持つので、苦労して作る甲斐はあるだろう。

「このバリア魔法は……はぁ」

出来上がったバリアの階段を手で触れながら、リヴァイアサンが感嘆のため息を漏らした。

うっとりとした表情は、彼女の姿形と合わさって美しい。

海の中ではゆらゆらと漂っていた長い髪は、今は魔力で空中を漂っていた。

ちなみに、裸だったので俺のジャケットを着せている。

「逆にエロイのう！」

というフェイ様のツッコミがあったが、仕方ない。

決して俺の趣味とかじゃないことは言っておく！

「けれど、あなたは美しくない」

呆れた表情で、急にリヴァイアサンに罵倒される。

なんだ、顔がいい少女だからといって、なんでも言っていいと思ってるのか！

「けれど、あなたのバリア魔法は美しい」

「お、おう……」

なんだよ。ずるいぞ。

俺はバリア魔法を誉めて貰えると無性に嬉しいんだ。

こう、一番大事なものが他人に認められているようで、心の奥底がムズムズしてくる。

「醜い……、美しい……、醜い……、美しい……、醜いっ、美しいっ」

俺とバリア魔法を交互に見比べるリヴァイアサンが非常に失礼なことを言っています。

人はな、体も心もドラゴンほど強くはないんだ。それをいつかこいつには教えてやらねばならない。

「フェイ様もいるし、バリア魔法も美しいから久々に人の世界に行ってあげましょう。まったく、美しくないものを作ったら……全て壊しますよ？」

「こやつは本当にやるから、せいぜい気を付けるんじゃな」

怖い、怖い、怖い。

フェイのお墨付きがあると、本当にやりそうだな。

別についてきてほしいなんて願っていないのに、我が領地にまたも1匹ドラゴンが追加されてしまった。

こいつもどうせあれだろ？

働かない口だ、絶対にそうだ。わかんねん！

「美しくない人間の町並みは嫌いですし、はあ。どこに住もうかしら」

「おっ、それならちょうどいいぞ。新しい街を作ろうと思ってるんだ。そこに新居を建てたらどうだ？」

美しいのがいいなら、自分で働いて作れという遠回しな言葉だ。

せいぜい働いてくれ、俺のために。

「うーん、保留で」

だよなぁ。

ドラゴンにはそもそも働くっていう概念がないのかもしれない。

どこでも生きていけそうだし、常に捕食する立場だろうから我々のような建設的な思考が生じないのだろう。

「まあいいか」

面倒なのが一人増えたところで、領内がどうにかなることもないだろう。

最強のドラゴンフェイでさえ上手にやれているんだ。

リヴァイアサンもうまくやってくれるだろう。

「なあ、リヴァイアサン。お前もフェイみたいに違う呼び名はないのか？」

「３００年前は、フェイ様にコンブと呼ばれていましてよ？」

昆布？

「お前はそれでいいのか？」

「ええ、世界一美しいフェイ様につけていただいた名前ですもの。私、気に入ってます」

なら、ええか！

俺もリヴァイアサンのことをコンブちゃんと呼ぶことにした。

意外とおしゃべりなコンブちゃんとの会話を楽しみながら、階段の仕上げに入っていく。

一応壁沿いに手すりもつける、親切設計。

台車が通りやすいように、段差のない道もバリア魔法で作り上げた。

きっと捕獲したショッギョたちは氷魔法で凍らされて地上まで運ばれるだろうから、なるべく鮮度を落とさないように、素早く移動できるようにしたい。

うーん、まだ改良の余地がありそうながらも、一旦は階段と台車用の通路を整備し終えた。

「やはり美しい」

台車用の通路に頬を擦り寄せて、コンブちゃんがバリア魔法を堪能していた。

こいつにバリア魔法でもくれてやれば、長いこと楽しんでおとなしくしてくれそうだ。

猫に毛糸の塊を渡すような感覚だ。

試しに、先ほどのバリアブロックを作ってみた。

魚群を閉じ込め、ダンジョンボスをも封じ込めた俺の四角いバリアだ。サイズは少女が持てるように、小ぶりなものにする。器用に作り上げてみせた。

「ほら、これをやる。地面に顔をこすり付けるよりも、こっちで楽しんだらどうだ？」

「きゃ――、美しい！」

手に取れるように、守り側を外側にしておいた。

バリア魔法を初めて守り以外で使うが、こうして立方体のブロックを作ると、いろいろな活用方法が浮かんできそうだ。

今まで考えてこなかったけど、やはりバリア魔法は無限の可能性に満ち溢れた最強魔法ってこと!?

バリア魔法最高かよ。

「醜い人間さん」

「俺？」

「はい、それ以外に誰が？」

「シールド・レイアレスって名前があるから、名前で呼んでくれると助かるのだが」

「人間なんてどれも醜いから、区別する必要なんてあるんですの？」

ある！

なに可愛らしい顔で、それもおっとりとした雰囲気でとんでも発言をしてんだ。

「うーん、そうですね。シールド？　仕方ありませんね。フェイ様の金魚の糞《ふん》みたいな存在ですし、覚えてあげましょう」

悲報、俺氏フェイの糞だった件について。

いやいや、100年後には食べられるだろうし、間違っていないかもな。

何より名前を覚えて貰えることをポジティブに受け取ろうじゃないか。

「それでですね、糞のシールドさん」

「バリア魔法のシールドね」

「このバリアのブロックの上を開けられますか？」

当然可能。

バリア魔法は全て俺の自由自在に動く。

上の蓋を開けるのも、完全になくすのも可能だ。

今回の要望は上を完全に開けることなので、バリア魔法を一枚消しておいた。

「ここにですね、私の魔法をっと」

『海魔法――永遠の水』

チャポンと音を立てて、そこに輝きだしそうなほど澄みきった水が満たされた。

「うふふっ、やはり美しいですねー。美しいバリア魔法が私の魔法で、永遠の美へと昇華されました」

バリア魔法は3年で壊れてしまうから、永遠ではない。しかし、確かにそこにある綺麗な器と満たされた水は、そう誤解させるだけの綺麗さを持っていた。

『バリア魔法』

上を閉じて、水を封じ込めておいた。

これでこぼれる心配もない。俺の配慮にコンブちゃんが感謝してきた。

「ありがとうございます、シールド」

名前で呼んでくれた。糞もついていない！

宝物を抱きしめるように、コンブちゃんがブロックを大事にする。

「今後も似たものを作ってやるから、少し協力してくれ」

「……んー」

「悩むな、悩むな。いいものが手に入るんだ、少しくらい助力してくれ」

悩んで断られる前に、コンブちゃんの背中を押した。多少は強引さも大事だろう。

ついでに、フェイも動員する。

気分のいいうちに。

「なんで我が！」

という不満は聞かない。この後旨いものを食わせるから、勘弁してくれ。

大きめのバリアブロックを作っていき、フェイに長持ちする炎魔法を使って貰い、中に炎を閉じ込める。

これで暗さ対策になる。

等間隔に照明の役割になる炎の入ったバリアブロックを置いていき、台車通路傍にはバリアブロック内に氷を閉じ込めたものを置いていく。こちらも等間隔にいくつか配置する。

鮮度が大事だからな。

台車通路側は冷やさないと。ちなみに氷魔法はコンブちゃんに頼んでおいた。

二人からしたらどちらの魔法も使えるらしいが、やはり得意不得意はあるみたいで、炎系はフェイに、水系はコンブちゃんに任せる。

適当に褒めてればなんだかんだ動いてくれるので、ちょろい、ちょろい！

俺もドラゴンを使うのがうまくなったなと自覚しながら、ショッギョの輸送ルートを完成させた。

大きな満足感とともに戻った俺たちは、さっそく人を集め、市場を作り上げ、漁船も、ダンジョン内の港の建設も始めさせた。

ショッギョは見た目こそあれだが、うまさは間違いない。

すぐに領内の名物食材となるはず。

しかし、ブルックスに売り出させたとき、そのキモイ見た目から最初はなかなか売れなかった。

領主の俺の名を使ってもいいと許可を出した。『領主のお墨付き、ショッギョ』。これで盛大に売り出す。しかし、これでも売れなかった。『フェイ様のお墨付き、ショッギョ』これでようやく売れ始めて、ブームとなった。

納得いかない!!　うん、納得いかないよね!!

けれど、魚価格の高騰は収まったし、新しい食材の確保もできて、我が領地はまた一歩発展したのだった。ちなみに、ショッギョというネーミングはダサいらしい。

二十五話――バリア魔法使いの死の領主

コンブちゃんのことはアザゼルとベルーガも知っていた。

３００年前の神々の戦争時代、リヴァイアサンは参加していなかったらしい。それでもその存在は偉大らしく、皆コンブ様と敬いながら呼んでいた。

ちなみに、滅茶苦茶大食いだ。ドラゴンだから仕方ないし、想定もしていたので問題ない。

コックのローソンがそろそろ死にかけないか心配になる量だ。近頃は弟子もとっているようだが、まだまだ下準備しか任せていないらしく、休みなく忙しい日々を送っている。

弟子たちもベルーガチェックを突破しており、ローソンのお眼鏡にも適う人材なので、後々が楽しみである。

しかし、問題は今現在不足していることだ。魔族からまた誰か調達しておこうと思う。

そんな感じで、コンブちゃんは日に日にミライエに馴染みつつある。

フェイと同じで文句は多いけれど働かない枠なので、少し煩わしいがそれでもうまくやってくれている。

そんなコンブちゃんが毛嫌いする人間の中でも、一人だけお気に入りを見つけたようだ。

「この者の綺麗な真ん丸さはなんなのです？　んー、美しい。この人間は美しい」

美しいものに目がないコンブちゃんが気に入ったのは、御用商人のブルックスだった。

綺麗に真ん丸と太ったこの商人は、まじめに淡々と働き、俺の領地と彼の財布を日々膨らませている。

「この者をバリア魔法で囲い、私に捧げてくれぬか？　永遠に眺めていたい」

腐るね！

人間はすぐに死んで腐る、か弱い生き物です。そんな取り扱いはやめていただきたい。

それにブルックスは今や俺のお気に入りでもある。

お腹をたぷたぷといじって挨拶を交わす親しき間柄だ。

「コンブ様は美しいものがお好きですか。今度手土産になにかお持ちしましょう」

「ほう、この者、いい心がけですね」

すっかりとコンブちゃんにも気に入られて、美少女の姿をしたコンブちゃんにもお腹をたぷたぷされていた。やっちゃうよね、それ。

コンブちゃんがただならぬ存在だとわかったのだろう。ブルックスは終始礼儀正しい。いや、こいつの場合、誰に対しても常に礼儀正しい。

そのほうが交渉がうまく回ることを知っているので、実利重視のブルックスからしたら当然の態度なのだろう。

こんなドラゴン連中に天才キッズたちまでも、毎度丁寧に対応できるこいつは素直に凄いと思うよ。

俺ならストレスで胃に穴が開いてしまいそうだ。

そう伝えてやると。

「いえいえ、毎日幸せです。これでも最近は楽しくて仕方ないのですよ」

少し労いの言葉をかけてやったら、意外な返答を貰えた。

これはストレスで太っていたわけではないと!?

「妻も喜んでおります」

幸せ太りだっただと!?

「本当に仕事に精が出ますなぁ。この年になって毎朝目覚めるのが楽しくなるなんて思いもしませんでした」

「そうなのか。俺もそれほどじゃないが、最近楽しいぞ」

「それは、それは。少しだけシールド様より長く生きている私から言わせて貰いますと、それは大変良いことです。一番大事かもしれません。ほっほ」

癒しの象徴みたいに笑う男だ。

ブルックス印の商品とか売り出したら滅茶苦茶売れそうだ。いや、こいつの人形とかでもいい。普通に売れそう。

少なくともコンブちゃんは買うだろう。

「私は最近、少し考えさせられることがあるのです」

「何の話だ?」

「商人は商品を見る前に、まずは人を見よと教わってきました」

結局大きな利益を生み出すのは、人との関わり方次第だ。

物よりも大事という意見には頷ける。

「けれど、最近はそうではなく、巡り合わせというか、運と言いますか……そっちのほうが大事だと思いまして」

それを言い出したら終わりなきもするが、頷ける話でもある。

面白そうな話題なので、黙って話を聞いた。

「実は以前他にも媚を売っていた領主がいたのですが、私は採用されず他の商人がその領地で御用商人に取り立てられました。今考えると、あれは私にとって幸運でした。おかげで今があります」

こいつの過去は本当に面白いな。そんなこともあったのか。

ただ、それは俺も同じかもしれない。

ヘレナ国を追放されていなければ、俺は未だにしがらみが多く、侮られた立場で宮廷魔法師をやっていた。

追放されて初めて自分の価値を知り、おかげで今がある。

「まあ何が言いたいかと言いますと、ただ感謝したいのです。シールド様に、そしてありとあらゆる巡り合わせに」

「そうだな」

珍しく利益に繋がる話じゃなく、いい感じの話をしてくれたブルックスのお腹をたぷたぷして見送ってやった。コンブちゃんもフェイもたぷたぷする。みんなでたぷたぷ。

偉大なるドラゴン２頭に気に入られるなんて、大した男だ。

今後も頼んだぞ、ブルックス。

そんな穏やかな時間を過ごした数日後、サマルトリアの街づくりに夢中になっていたときだった。

サマルトリアの街はかなり順調だ。

南の山が切り拓かれて交易路を整備している。

東は急ぐ必要はなく、西と北にも力を入れ始めた。

北はウライ国とミライエを結ぶ重要な交易路となる。ボマーの遺産がなくなった今、最重要な土地になったと言ってもいい。

土地ごと貰えたので街の中心地を少し北寄りにして、計画変更をしている。これに少し手間取っているくらいか。土地が余ってきたので、また商人どもに土地を渡して金を巻き上げようかと思っている。ここまで来たら、偉大な街を建設したいからな。金はあるが、まだまだ必要になる。

更に、西にショッギョの産地ができたことで、ほとんど死んでいたアルプーンの街に輝きが戻ってきた。

ただの田舎町から、内陸部にありながら漁獲物の採れる貴重な土地へと変貌している。

ショッギョの生産と販売にはいろんな人の手を借りているので、より一層その存在を輝かせることができて何よりだ。サマルトリアの街の近くに位置するアルプーンに豊かなダンジョンが現れたのは非常に幸運だったと思う。

西の荒野と森も、交易路の整備を急がせている。

全てが順調かに見えた俺の元に、急ぎの情報が入ってきた。

ブルックスが襲撃されて、治療魔法師の回復魔法を受けて療養中との知らせだった。

「本当か!?」

アザゼルの報告だけでは信じられなかったので、すぐにブルックスが療養中の街に飛んだ。

そこでは、治療院のベッドで寝転がるブルックスの姿があった。

顔色は良いが、少しやせて真ん丸とした可愛さが薄れている。

「なんだと……」

許せない、だれだ。ブルックスからあの真ん丸とした美しさを奪ったのは。

飲み友のフェイと、美しさ至上主義者のコンブちゃんにばれたら、領地が半壊してしまうぞ。

目覚めたブルックスから詳細を聞くと、どうやら妬みを持った同業者からの襲撃だったらしい。

護衛を連れていたブルックスはなんとかなったが、護衛は重症だとか。

久々に、俺直々の案件が来てしまった。

俺のバリアで治療することもできるが、ブルックスは休んでいればまたあの真ん丸とした姿に戻れると報告を受けている。ならゆっくり休ませておこう。久しぶりの休暇になるだろうし。

「おやめください、シールド様。シールド様が直々に手を下せば、領民を不安にさせます」

俺が何をやろうとしているか、察したらしい。

「……ブルックス、バリア魔法使いの仕事を知っているか？」

これは俺の使うバリア魔法だけのことではない、一般的なバリア魔法使いも含めてだ。

答えられないブルックスに正解を教えてやった。

「バリア魔法使いは自分を守ること、仲間を守ること、それが仕事なんだ」

今回はブルックスを守れなかった。だから、次からはこんなことが起きないようにする。それが守ることに繋がり、バリア魔法使いの役割の広い解釈と取っていいだろう。

結局、守れればそれでよし。手段は関係ない。

最近は新参者が増えた。

この領地は税金が安く、ルールも少ない。

俺に権力が集まりすぎず、領民は暮らしやすい良い土地だが、どうやら勘違いした連中が出始めたようだ。

大手商会のトップが力を持ち始め、我が物顔で領内を闊歩していると聞く。

害がなければもちろん放置だが、よりにもよって最悪な行動をとった者がいる。

領民に手を出すのはもちろん許さないし、まさか俺の御用商人が襲撃されようとは。

領主の館に戻り、人を動員する。

軍を動かし、アザゼルとベルーガを伴う。

「仕事だ。一人も逃すなよ」

襲撃者と思われる、今はウンムの街を拠点としている新参者の大手商会へと乗り込む。

突如現れた領主と正規軍だったが、大手商会側は引かなかった。

むしろ、少し舐めた態度でこちらを出迎える。

「俺の御用商人がお前たちの襲撃にあったと聞いた。真実を確かめたい。代表者を出せ。場合によっては極刑だ」

「いえ、我々の代表はただいま忙しい身ですので。どうぞ、お引き取りを」

門前払いときたか。軍を率いてきたのが見えないのか？

「これは駄目ですね」

ベルーガのお墨付きもあった。

もう、話は終わりだ。

俺が死の領主だと知らない新参者が増えた。久々にわからせる時が来た。

こつこつ積み上げてきた名声を切り崩すことになるが仕方ない。

「歯向かう者は全員、首と胴体を斬り離せ」

「なっなんという暴挙を！」

「やれ」

俺の合図でミライエの戦力が動き出す。

相手も武器やら私有軍を所持していたが、バリア魔法どころか、我が正規軍の前に勝負にもならなかった。

上がった首は数百。没収した金品は山のように積み上がり、土地も取り上げた。

また名声ポイントをこつこつ積み重ねかぁと感想を漏らした事後も、意外と領内では悪い反応はなかった。

むしろ、ベルーガの調査によると今回の騒動は領主の恐ろしさを知らしめる効果となり、領内の秩序が整う結果となった。

死の領主をやる度に、なんだかいい結果になるのはどうしてだろうか。

変な形で俺の名声がまた高まり、今回の正規軍が動く事件は幕を閉じた。

ブルックスは、今日もフェイとコンブちゃんにお腹をたぷたぷされて可愛がられている。

二十六話――バリア魔法の謎効果

サマルトリアに交易所ができた。出来上がった交易所はさっそく多くの声に後押しされて稼働しだした。

ウライ国側からの商人も利用し始め、ミナント側からも山を切り拓いてこの地に集うようになる。

交易所は大きいものを造りすぎたかなと心配もしていたが、今でさえ人が押し寄せていて、賑わっているので今後はジャンルごとに交易所をまた建設する必要があるかもしれない。そんな嬉しい悲鳴が聞こえてきそうなくらい現場は賑わっていた。

聖なるバリアによって危ないものは通過できないので、全ての行商人はバリア魔法のない関所を通っている。通行税も入国税、関税すら取っていないので人が集うのも無理はない。商売の利益から少し税金をいただいているだけでこの懐具合の膨らみようだ。恐ろしい。領主というのは、なんと美味しい商売なのだろうか。

うちの領地は税金が安い代わりに、不正したものは首が飛ぶことを通達しているので今のところ大きな不正も見つかっていない。皆しっかりと税金を支払ってくれているみたいだ。ミライエ領民はまじめらしい。決して、恐怖政治ではない。たぶん。

「ね？」

「はっはい」

今年一番税金を納めてくれた商会のトップに笑顔で確認を取ったところ、恐怖政治は行われていないという言質を取れた。

「圧力はなかった。君は何も怖い思いをしちゃいない。いいね？」

「あっはい」

にっこり。

今日も我が領地は平和だ。

交易所のもっぱらの注目品目は、やはりというべきかウライ国の茶葉だった。

以前あの美しい王宮を訪ねた際に飲ませて貰ったお茶の国本場の味は流石としか言いようがない。もはや美しいと表現できる素晴らしい香りを放っていた。

あの味が今でも忘れられない。

海ではどうしても湿気にやられて品質が落ちるし、今までの陸路よりも短くなったこの交易路はより一層品質を保つことができる。

おまけに茶葉に高い税金をかける土地も多いらしく、その差もあって今交易所では非常に茶葉の取引が活発になっていた。

ミナント側からもたらされた油も非常に好評で、我が領地のショッギョも人気らしい。

この3項目がいまのところホットな商品となっている。

我が領地も負けないように、今後もっと名産品を生み出さなくては。

交易所の取引だけでなく、うちの領地で商売している者からは全て利益から税金を取ることができるのだが、最近では他国からの人が増えすぎて交易所を利用しない個人間の取引も増えたのだとか。

まあ、そこはいい。

好きにさせてやろう。交易所を利用する旨みがないのなら、施設として終わっているからな。

そういうことで、交易所では大量に買い取ることをメインとし、大量買いのメリットとして安く買い取れ、その分安く需要のあるほうに流せるという面がある。

大きい交易所にしたので、保存の利くものは在庫も抱えやすい。

交易所の強みを前面に出すことで、やはり利益は出始めた。

健全な運営ができているみたいなので、もう安定稼働を心配することもない。

交易所を運営する資金は、実はもう手元に資金がなかったので、これも土地を売却したお金で賄っていた。

東側の先行的に売り出した土地にはすでに宿ができ始め、人々の流れがそちらに偏り始めた。

人が一度増えると止まらなくなり、ここの土地、特に交易所近くや街の中心から延びる街道付近の土地を買いたがる商人や貴族が現れだした。

他国や、ミナントの貴族も押し寄せる。

ルールを守らなければ首が飛ぶことを条件に、目玉が飛び出るような価格で土地が次々と売れていった。

土地はまだまだあるし、それだけの値段を出してくれるなら一等地を明け渡してもいいだろう。

サマルトリアはまだまだ開発段階だが、すでに人々の間で周知される存在となりつつある。また領民が増えそうだ。

なんとも順調で素晴らしい。

そんな話を毎日アザゼルとしていたら、少し不思議な報告を受けた。

「最近ミナント全体で疫病が流行っております。それほど恐れる必要のないものらしく、すでに流行りも制御できているとのこと」

「そんなことがあったのか」

「そう。我々は全く知らないのですよ。その情報を」

なぜ？

全く知らされていなかったから？

ミナントとはうまくやれているはずだし、ここはまだ自治領という立場だ。関係は密接だと思っていた。

情報を共有しないのはなぜか凄く気になった。

「なぜならば、ミライエには全くその疫病が流行していないどころか、感染者が一人もいません」

「そんなことあり得るのか？」

「あり得ているから困惑しているのです」

不思議なことがあったものだ。

まさか、ここは奇跡の土地なのか？

「もしやと思うのですが、聖なるバリアが関係しておりますか？」

「知らん」

「隠さずとも、教えてくれれば……」

「いや、知らんけど」

本当に知らない。バリア魔法にそんな謎効果があるなんて知らない。

個人を癒すバリア魔法なら使える。以前それでアメリアの怪我を治したことがある。他にも軽い病気なら治せたりするけど。

「これは知らない」

「本当ですか？」

「本当に」

なぜ疑う。

いや、疑いもするか。

自分の使う魔法の効果を理解してない人間なんて普通はいない。

俺も理解しているつもりだ。しかし、疫病から防ぐなんてそんな話は知らない。たぶんそんな効果はない。知らんけど。

「領内の出生率と婚約数が激増していることは？」

「それは領内が豊かになったからだろう」

「死亡率も、病人の数も激減しております」

「それは……領内が豊かになったからだろう」

答えが出なかったので、繰り返しておきました。

「ふむ、おそらくシールド様にも把握しきれていない効果があるかと。少し調査させますか。どこまでが聖なるバリアの効果で、どこまでが領内の発展のおかげか切り離して分析しなければ」

「そのデータはもしかして、バリア魔法がなくなった後の世界のためか？」

少し間があった。

答え辛い内容だったかもしれない。

しかし、口を滑らせたのはそちらだぞ。答えて貰おう。

「はい、その通りです。申し訳ございません。失礼なことを口にしました」

俺が死んだ後のことを考えていたことを認め、アザゼルが謝罪した。

「お前たちは長生きだからな。そんな先のことを考えるのは当たり前なのかもな。別に責めてるわけじゃないよ。ちょっと発想が面白かったのと、たまにはアザゼルをいじめてやろうと思っただけだ」

あっはははと高らかに、上機嫌に笑いが出た。

なにせ、アザゼルは普段から隙がないからな。こうしてたまにいじめてやるチャンスが来ると、俺は盛大に愉快な気分になるのだ。

「……まあうすうす気づいているかもしれませんが、私をはじめとして、魔族はこの地を気に入っているのですよ」

「ほう」

黙って先を聞いてみた。

「シールド様がいる間、我々にとってここは安寧の地になるでしょう。しかし、その先、我々はまた自力で立たねばならない」

「大丈夫だろ。フェイがいるし、コンブちゃんもいる。きっと大丈夫さ」

俺の適当な答えに、アザゼルがまた少し黙り込んだ。

少し笑いを漏らし、珍しく穏やかな表情でアザゼルがこちらを見る。

「それもそうですね。私もシールド様くらい気楽に考えるように心がけましょう」

「それがいいな」

若干バカっぽいと捉えることもできる気楽に考えるという言葉だが、まあアザゼルが楽しそうで何よりだ。

「では、目先の仕事の話に移りましょうか」

「うっ」

さっそく仕事か。仕事は山積みだからなぁ。

「サマルトリアの港建設ですが、まずは魔物を駆逐しないといけません。すでに桟橋を作り、港として利用している商人もいるみたいです」

「しゃーない。俺が出るか。アザゼル、お前も一緒に行くぞ」

「もちろんでございます」

次の仕事が決まった。サマルトリアの海を綺麗にする作業である。

オリヴィエ・アルカナはエルフから捧げられた珍しい果物を夢中で食べていた。

「うまい！　もう1個！」

3日間、何も食べずに森をさまよっていた。

見たことのない果物があったが、食べていいものかどうかわからず、警戒していたらあっという間に日数だけが経過していく。

巨大な森は歩けば歩くほど奥に進んでしまい、気づけば海岸からかなり内陸方面まで来ていた。

オリヴィエは再び自分の方向音痴さに震撼した。

そろそろ空腹の限界を迎えようというとき、浅黒い肌をしたエルフの集団が、エルフの村を襲撃している姿を見つける。

あまりに凄惨で一方的な戦いに、気づけばオリヴィエは村を背にして、ダークエルフたちを一掃していた。

命を救われたエルフたちが、怪我の治療をしながら、恩人である飢えた顔のオリヴィエに食料を捧げる。

どれも見たことのない食べ物だったけど、恩人に食べられないものを渡す人なんていないだろうと考えて、3日ぶりに食料を口にした。

あまりの美味しさに、オリヴィエは美味しい以外の全ての感情が消えている最中である。

「きっとこの方だ。この方が長老のおっしゃっていた『お告げの人間』に違いない。遥々海を越え、この地にやってくる人間なんてこの方以外にあり得ない」

なんか重い話が来た。

ただ遭難して、この地に着いただなんて言い出せる空気感ではなかった。

「オリヴィエ様、どうか我々とともに長老のもとへ。あなたはお告げの人間だ。我々をダークエルフの支配から解き放つ、自由の使者」

「……たぶん、そうね」

迷っただけとは口が裂けても言い出せないオリヴィエは、お告げの人間としてエルフの国中枢へとさらに向かっていく。

オリヴィエは未だ、というか、全然シールドと会えそうにない。

二十七話――バリア魔法で釣り

「シールド様、餌になってください」

「なんで！」

あの素直で優しいことで有名なベルーガがこんなことを言い出すなんて！

サマルトリアの荒れた海を前にして、大量の魔物が泳ぐ光景を見た。

正直思っていたよりも魔物が多い。

超大物商会、コーンウェル商会が苦情を入れてきたのも無理はない。コーンウェル商会とは、大陸中に拠点を持つ超大物である。そんな大物が我が領地に拠点を移し、最近ブイブイと言わせている。この商会のトップである美人姉妹がまたずる賢いのである。エルフとの戦いの情報を漏らし、ミライエに少しばかり混乱を招いてやるぞ、と脅してきた。漏らされたくなければ早々に港を整備しろと告げて来た。エルフの脅威はまだ外部に漏らしたくない。混乱がどのレベルになるかわからないからだ。故に、この脅しに屈してしまった。

港周りの整備を急ぐことに。港に資金を投入する前に、魔物はどうにかしないと。

俺とベルーガだけでなんとかなりそうではあるが、効率よくできないものかと考えていた。

そしたら、ベルーガがとんでもない発言をしだす。

俺を餌にだと？

領主ですけど！　い、一応大事な立場だけど！

ベルーガさん、普段から俺のこと褒めてくれてたじゃない。尊敬している的な発言が多かったのに、なんでこんな子になっちゃったの!?

「申し訳ございません。しかし、シールド様って絶対に無事じゃないですか」

「そうだけど」

これは心情的な問題でして……。

餌になるという立場がどうも。

いやいや、何を俺は勘違いしているんだ。所詮この身一つで得た立場じゃないか。バリア魔法がなければ俺はただの人だ。

こういう汚れ仕事も進んで受けねば。それでこそ人の上に立つ者のあるべき姿だろう。

ちょっとだけ心を入れなおした俺は、提案を飲むことにした。

「仕方ない。俺、餌やります」

「ありがとうございます、シールド様。本来なら私がやるべきところ、能力が足りず」

いやいや、餌になる能力なんて普通は必要ないから。

自分をあまり卑下しないように。

それに今回の海の魔物討伐はベルーガがメインになる。

なにせ俺は餌で、釣るのはベルーガの役割だ。

二人で話し合って作戦は決まった。そこまではすぐに決まったのだが、予想外の出来事が起きた。

「シールド様……どうです？」

どうですと言われた声の主のほうを見ると、なんと白い肌を露にしたビキニ姿のベルーガがいるではないか！

「なっ!?」

予想外の展開、そして予想外の美しさ、予想外のエロさ。全てが俺の想像を上回る光景に、驚きを隠しきれない。頬を赤く染めてこちらの反応を待ち望んでいるベルーガは、どこまでも色っぽい。髪の毛が少し濡れて、美女が３割増しになっているのも素晴らしい。

「似合っている」

それしか言いようがないほどに美しい姿だった。しかし、少し気になる点がある。

生地が、生地が少なくないだろうか！　あまりにも肌の露出が多い。そのすらりと長い腕と脚が見えているのはもちろん、胸周りと腰回りの露出も極端に多い。細い体からは想像がつかない胸と尻のボリューム量。誰か他に見ている人がいないか心配になってしまう。

「その、恥ずかしくはないか？　少し露出が多いようだが」

「シールド様にならいくらでも見せられます」

ありがたい申し出だが、紳士としてはあまりあからさまに見るわけにもいかず視線のやり場に困ってしまう。普段から領主の幹部としてよりも、その美しさゆえに領民から注目を浴びているベルーガ。こんな姿を独占してしまっているのは、神に感謝するほかないだろう。

「折角ですし、仕事前に少し遊びませんか？」

茶目っ気たっぷりの表情でそう誘ってくれた。最近は働き詰めだったので、この魅力的な人からの魅力的な誘いを断ることはできなかった。

「水着も用意していますので、どうぞ」

その準備の良さにも驚きだ。手渡されたものを手に、岩陰でひっそりと着替えてまた驚き。なんと、ブーメランパンツ。噂に聞く、速く泳ぐために開発されたという水着。人生で初めて着たその水着は、やたらとスースーした。

「ふふっ、お似合いですよ」

可愛らしい笑顔が見られた。こんな格好でも褒められると嬉しいものだ。それにしても、二人とも露出度の高い格好になってしまった。ここが海とはいえ、海水浴場というわけではないので、どうも少しばかり恥ずかしい。

魔物使いベルーガは、その次に水魔法が得意なのだが、今回もそれを活かして水をくるくると回転させて輪っかを作ってみせた。大きな輪っかはその形を綺麗にとどまらせて、俺に迫ってくる。

「浮輪代わりです。どうぞお使いください」

触ってみると、柔らかい浮輪のようでしっかりと体を包んでくれる。魔法でできた浮輪に入り、海へとダイブした。一瞬沈んだが、浮力ですぐに水面に戻る。

「ぷはっ。きもちいい！」

久々の海水浴に、自然とテンションが上がる。

海が気持ちよく、視界の先にある水平線をボーと見つめているときだった。背中に、さらりとした感覚があった。

「ベルーガ!?」

恥ずかしそうにしながらも、きゃっきゃっと笑いながら浮輪に入ってきたのはベルーガだった。いたずら成功とでも言いたげに一人騒いでいた。

「ご一緒させてください」

「良いけど……まあいいか」

海で戯れるのは確かに楽しいが、二人とも面積の少ない水着を着ているためか、男女が裸で抱き合っているみたいだ。なるべく視線を向けないように、平常心で海を楽しむ。なかなかに至難の業だ。

「シールド様。最高の思い出をありがとうございます」

最高？　この程度が？

「ベルーガ。なにか勘違いしているようだな」

「ん？」

「俺たちはこれからもっともっと素敵な思い出を作っていくぞ」

「シールド様……」

水の中に顔を沈め、目だけを水面の上に出したベルーガが恥ずかしそうにしている。プクプクと空気が漏れてきているが、苦しくないのだろうか？

「う、嬉しいです。光栄です。最高です。幸せになりました」

嬉しいコメントのオンパレード。彼女がここまで喜んでくれるなら、俺も今後も素敵な思いをさせてあげたい。

「でももっと上があるんですよね？」

「あるぞ」

「今、更新してくださいませんか？」

今？　今でもいいが、特にやってやれることはない。と、思っていたが、ベルーガが後ろから抱き着いてきた。彼女の水に濡れた肌が俺の背中にあたる。鼓動が速くなったが、悟られないように冷静に振る舞う。

「しばらくこのままでいさせてください」

「このくらい、構わない」

喜んでくれるならばこのくらいいね。それに俺も悪くない気分だ。波の音がいつもより心地よかった。


楽しい時間はあっという間に終わり、仕事に戻ることとなった。作戦再開である。以前も作った例のバリアの四角い箱を作り、俺が中に入る。

そして、この四角い箱の下に、もう一つバリア魔法で四角い箱を作り上げ、二つを引っ付ける。

バリア魔法のケースだけだと海にプカプカ浮かんでしまうが、下に引っ付けたバリア魔法のケースに少しだけ穴を開けて水を入れる。

「おおっ」

水かさが増えるごとに沈んでいく。

作戦成功である。

あまり入れすぎて、深くまで沈みすぎても怖いので、穴は何度か塞ぎながら水かさを調整していく。俺のバリア魔法で作り上げたケースなので、穴のサイズの微妙な調整も可能だ。

そして上手に微調整した結果、海の中ほどまで沈むことができ、そこで停止した。

「ふぃーこえー」

薄暗い海の中に一人ぽつんと、バリア魔法のケース内で佇む。

泳ぎは得意じゃないし、海ってなぞの恐怖感があるよね。

さてさて、ここまで上手に来られたし、餌の役割の仕上げといこうか。

このまま魔物が食らいつくのを待つのもいいが、それではあまりに時間がかかるし、餌としての役割不足だろう。

ベルーガに渡された魔石に魔力を注ぎ込む。

魔物が好む独特の周波を放つ魔石らしく、ダイゴに改造させて魔力を流すとその周波が増幅するようになっていた。

ダイゴに既に改造させていたってのが、俺はどうも気になった。

そういえば、この海の魔物を駆除しに行くと言いはじめたとき、アザゼルは忙しそうにしてたから誘わなかった。しかし、ベルーガは見るからにやる気だったので一緒に連れてきたのだが、もし

や前々から計画を練っていた⁉

俺を餌に魔物を釣る計画。ダイゴに改造させて準備していたということは、そういうことになるよね。

ぐぬぬぬ、素直で優しいベルーガだと思っていたのに、釣り大好きマンだったか。俺も釣りは好きだから、気持ちはわからなくもない。釣り好きという同じ趣味に免じて、今回は許そう。

「こんなもんかな？」

適当に魔力を注ぎ込んだが、俺はダイゴの才能を侮っていたかもしれない。

いや、侮っていた。

もっとあの天才少年のことを理解しておくべきだった。

魔力を流したあと、海の中で轟音が鳴り響く。

振動が押し寄せ、それに連なって波も荒くなってきた。

俺の目の前に、大量の魔物が群れを成して襲い掛かってくる。

高速で泳いでくる勢いに任せ、巨大な白いサメの魔物がバリア魔法のケースに噛みつく。ガキンと鋭い音が鳴り響き、サメの歯が砕け散っていた。衝撃に意識を失ったみたいで、腹を上にしてプカプカと浮かんでいく。

どんな勢いで噛みついてんだ……。

あれに噛まれたらひとたまりもなさそうだが、残念ながらバリアは壊れそうにもない。

次々と寄ってくる魔物で、バリア魔法のケース内は真っ暗になった。上から注がれていたわずかな光が、魔物の体で完全に遮断されている。

バリア魔法のケース外でもみくちゃになる魔物たちは同士討ちを始め出している。このまま放っておいても、なんか駆除になりそうな感じだ。

全く、ダイゴのやつめ。どんな代物を作り上げてんだ。

ちゃんと手加減しろ。これだけ群がるなんて聞いてないぞ。

何もできそうにないのでのんびりとその様子を窺っていたら、バリア魔法のケースから魔物が剥がされる。

「おおっ!?」

ようやく開いた隙間から光が差し込み、わずかに明るくなったバリア魔法のケース内。驚きの光景が、隙間からわずかに見えた。

そこに、桁違いに巨大なタコの魔物が見える。

青い体に、額に美しいサファイアのような宝石を着けた、タコのような見た目をしている。

その長い触角は深く暗い海の底まで伸びていて、一体どれほどの規模かわからない。

見えている部分の脚が、水の中を起用にうねうねと動く。俺に群がる魔物をひたすらに剥がして、その巨大な嘴《くちばし》の覗く口元に放り込んでいた。

「入れ食い状態だな」

俺がバリア魔法に囲まれて、魔物を呼び寄せる。それをクラーケンが食べると。これが餌の仕事か。

楽でいいかもしれない。

その巨大クラーケンの上には、大きな泡に包まれてクラーケンに指示を出すベルーガの姿が見えた。

魔獣使いベルーガ。以前から能力は知っていたが、こんな桁違いの魔物まで使役するとは知らなかった。

指示の内容は、たまにクラーケンが興味本位で俺ごと飲み込もうとしているのを制御しているみたいだ。あとは好きにやらせている。

あの暴食のクラーケンは、俺のことも餌としてみているのか。

大事な嘴が割れるから、やめといたほうがいいぞ。俺のバリア魔法は硬いんだ。

入れ食い作業は、1時間くらいで終わった。

ダイゴの改造魔石の威力がすさまじく、ここら一帯の魔物をほとんど集めてしまった。

それを全部食べてしまったクラーケンにも驚きだ。体の大きさは流石だが、食欲も桁違い。

仕事を終え、ベルーガがクラーケンを労っていた。

巨大な頭を撫でまわしてあげ、ポンポンと頭を叩いてあげれば、クラーケンは深海へと帰っていく。

ユラユラと足を揺らしながら深い海に消えていく姿は、俺に一つの疑問を生じさせる。

……あいつ普段から海にいるんだ。

てっきり、召喚魔法みたいに違う世界からやってくる生き物かと思ってた。あんなのいたら、もう海水浴とかできねー。こわー。

泡に包まれたベルーガが、上を指差して浮上していく。

どうやら、仕事は終わったみたいだ。

水の入ったバリア魔法のケースを消す。これで重石はなくなった。

俺と空気だけが入ったバリア魔法のケースが浮上していく。

すいすいと浮上する光景はなんだか気持ちが良い。

水面まで浮上し、バリア魔法を消して、陸まで上がった。

ケース内の空気より、外の空気は冷たくて新鮮な感じがした。ぷはー、流石に1時間くらいが限界だろうか？　あれ以上は空気が心配だ。

「うまくいきましたね。シールド様」

「そうだな」

微笑みながら話すベルーガが楽しそうで何よりだ。

「あの子、大食いで手のかかる子なんです。いつも獲物をとることをさぼって。良かったら、今後も餌……お願いできますか？」

なるほど。壮大な釣りをしたかったわけではなく、使役している魔物の面倒を見てやりたかったわけか。

ベルーガが珍しく俺を餌になんてするから、どうしたんだろうとか思っていたが、しっかりと事情があったわけだ。

可愛がっている魔物のお腹を満たしてあげたいという思い。やはりベルーガはどこまでも優しい魔族だ。

初めて会ったときから彼女はどこか優しくて、面倒見の良さがにじみ出ていた。日に日にそのイメージが現実のものになっている。

「ああ、魔物が増えたらやろう。俺にしかできそうにない仕事だしな」

ベルーガの白い頬が赤く染まる。

嬉しそうに目を細めて、小さく笑ったのが見えた。

「ありがとうございます。やはりシールド様は最高のお方です」

「そうか、そうか」

もっと褒めてくれ。

コーンウェル商会の失礼な姉妹に罵られて、俺はまだ傷ついているからな。

それにしても、また一歩ベルーガとの距離が縮まった気がする。

俺はバリア魔法を褒められると無性に嬉しいのだが、ベルーガの場合それが使役する魔物になるんだろうな。

グリフィンを誉めたときも嬉しそうにしていたし、クラーケンのお腹を満たしてやったらこの喜びようだ。

彼女が何で喜ぶかを知られたのは、大きな収穫だ。

「クラーケンは凄いな。あいつは本当に凄い魔物だ」

「……私は、凄くないのでしょうか？」

「へっ!?」

い、いや。凄いけど。クラーケンを誉めたらベルーガも喜ぶと思ったから。

なんだそのいじらしい表情は。

なんだか、ベルーガの見てはいけない可愛らしい一面を見てしまった気がして、この日の夜は少し寝つきが悪かった。

二十八話――開戦に備えて、ポンッと最強のバリア魔法

領内のことに集中したいが、時代の荒波はそうはさせてくれない。いよいよ戦いの時が来た。

俺としては平和に生きていたいのだが、ダークエルフが攻めてくるから仕方ない。

大義名分などない、完全な侵略だ。

その矛先がミライエだったのは完全な不運だったけど、ここで食い止められたら大陸に被害が及ばない。大陸の盾の役を担ってやるとしよう。

さてさて、魔法使い史上最高の才能と呼ばれ、おまけに長年鍛錬を行っていると言われるイデアは、一体どれほどの存在なのか。

俺のバリア魔法を突破できる存在なのだろうか？

良い試金石となる。一代でダークエルフの帝国を作り上げた異端な存在と、俺のバリア魔法。一体どちらが上か、ぶつかり合ってみてもいいかもしれない。

お互いの至高の魔法をぶつけ合ってみようじゃないか。

エルフの島の海岸に大量の船が並んだ報告を受けたとき、俺はまだ紅茶片手に優雅な時間を過ごしていた。

捕らえたエルフから作戦を聞き出しているのと、偵察部隊も機能している。情報がいち早く手元に入る。

相手の総数、３万。

事前に得ていた情報とほとんど同じ戦力。

流石に身震いする数だ。魔法に長けたエルフが３万もいるのは、普通なら世界が滅びかねないほどの脅威。

しかし、こちらには聖なるバリアがある。

どれだけ強大な力でもバリア魔法が突破されない限り、領地にはなんら被害は及ばないだろう。

そして、この報告を受けてすぐに、俺は新しいバリアを張ることにした。

海の真ん中に、ミライエとエルフ島を完全に遮断するバリアを張る。

これは聖なるバリアとは違い、一切なにも通さないバリアだ。

相手の数が３万だろうが、このバリア魔法が壊れない限り何も通さない。

自軍にはこのバリア魔法の内側で戦って貰う予定だ。

ちなみにこちら側からの攻撃は通るつくりにしてある。なんという便利さ。己のバリア魔法に惚れ惚れする。

相手の魔法や武器は完全にシャットアウトし、船の通過も許さない。

こちら側からは全てが通る。

バリア魔法やはり最強か？

オートシールド付きの軍船をルミエスの港に並べ、正規軍５００名を乗せる。

この船だけでも相当強いのだが、うちの精鋭たちは自信に満ち溢れた顔をしている。面構えが違う。

え？　なに？　この勝ちを信じて疑わない表情は？

もしかして日和ってるやついない？

一人捕まえて聞いてみた。

「どうだ？　エルフ３万は流石に無理を強いる。無茶な仕事をさせてすまないな」

「いえ、むしろこの時のための日ごろの訓練ですから。それに我が領地にはシールド様のバリア魔法があります。負ける未来が見えません」

普段は訓練と領内の治安維持しかしていない正規軍が、ようやく正規の仕事ができるということで皆燃えていた。

実は恐怖もあるみたいだが、それ以上に戦う意義を見つけて奮起しているらしい。仕上がりすぎている。

俺氏、また泣いちゃいそう。

ミライエ、凄く良い場所です。人も土地もあったけぇ。

我が軍に隙はない。完全な一枚岩だ。それに加え、ウライ国から兵を1000名、ミナントからは1500名も兵をお借りできた。

友好関係の賜物だが、2国にも関係する戦いでもあるだからだろう。ミライエが滅びれば、ダークエルフの次の矛先はウライかミナントのどちらかになるなんて明白だ。

それだけが目的ではないかもしれない。俺に恩を売りたいんだろうな。

後日のお礼もしなきゃいけないよなぁ。なんて考えたり。

流石にこれだけの兵力をお借りして何もお返ししないのは無礼だろう。

全く、この戦いでエルフの島でも得なければ大損になるぞ。

「はっ!?」

自分で言って、自分で気づいたのだが、この戦いに勝利してイデアの首を刎ねたら、もしかしてエルフの島って俺のものになる？

エルフたちの反感を買うかもしれないが、支配から解放してやれば恩は売れるはずだ。

それにやりようによっては、エルフの島を手に入れるまではいかなくとも、有益な関係を築けるかもしれない。

ただただ大損するだけの戦いに思えていた今回の戦争が、思わぬ利益を生んでくれるかもしれない。正規軍に実戦経験を積ませられる機会でもある。意外と悪くないビッグイベントだったりする？　そんな気がしてきた。

途端にやる気が湧いてきた俺は、正規軍を鼓舞し始める。

俺が声をかけてやれば、皆の士気が上がっていくのがわかるので、どんどん声をかけていく。ひたすらお得な行動だな。

声をかけるだけで皆のやる気が上がる。コスパ最強か？

ちなみに、フェイとリヴァイアサンは参戦してくれないとのことだ。

「お主が手に負えんかったら、助けてやらんこともない」

「エルフのほうがちょっとだけ美しいですからね。やる気が出ません」

最強の二人がこの有様だ。

まあ、もとより戦力には加えていない。

あの二人が暴れたら、自軍にも被害が出そうなので大人しくしてくれているくらいがちょうどいいだろう。本陣にいてくれたほうが、安心感もある。

領地を守るだけでなく、メリットも見えてきたこの戦い。

完璧に勝つ必要が出てきた。

軍船の指揮は、オリバーとカプレーゼに任せるとして、俺は本命の作戦をアザゼルとベルーガに伝える。

二人にはこの作戦に加わって貰う必要もあるので、詳細に話を詰める。

「リスクが大きいですが、一番被害の少ない方法でもありますね」

「予定通り、これで行こうと思う」

「シールド様自ら行く必要がないと思いますが……。何せ、今海に張ったバリアの内側で守れば時間はかかりますが確実に勝てるかと」

アザゼルは少しこの作戦に反対みたいだ。

俺のバリア魔法に絶対の信頼を置いているからこそ、安全に戦いたいという考え。

しかし、あまり時間をかけたくない。

軍の準備段階でさえ、すでに莫大な金が動いている。

この上、持久戦ともなれば一体どれほどの金が飛んでいくことか。

大陸最強のコーンウェル商会が補給を手伝ってくれると約束しているが、あのずる賢い商会が無償で働いてくれるはずもない。絶対に後からいろいろ要求してくるに違いない。絶対に借りを作りたくない相手だ。

速めに決着をつけるのは、被害が少ないのはもちろん、金銭面でも非常に大きな恩恵がある。

だから、速めに決着のつくこの作戦を実行したいという考えだ。

「私は賛成です。シールド様が負けるはずがないですし、何よりアザゼル様。私たち二人がついていくのです。シールド様に指一本触れさせなければいいだけのこと」

おっ？　アザゼルの意見に反対して、自らの意見を口にするベルーガを初めてみたかもしれない。

その視線からは、彼女の強い意志も見え隠れする。

「ふむ。……ベルーガの言う通りですね。では、この作戦で行きましょう」

ベルーガのおかげで、アザゼルの賛同も得られた。

物凄く頼もしい。それに、ベルーガが何より凄く燃えている。

普段大人しくてまじめな彼女が隠れてヨシッとか言っているのがとても可愛らしい。

彼女は容姿がとても美しいので、たまに公私混同しちゃいそうになる。気を付けねば！

「ミナントからガブリエルが助っ人に来てくれるらしい」

「断ってください！」

ベルーガがなぜかガブリエルを激しく拒絶する。

空間魔法の使えるガブリエルは非常に重宝すべき存在なのだが？

今回の作戦でも、協力願えるなら非常に助かる。

「あれは駄目です。あれはハレンチです。戦いの場に相応しくありません」

プンプンと機嫌を損ねるベルーガが少しだけ可愛かったけど、申し訳ない。ガブリエルはもうこっちに向かっているんだ。今更断れない。

空間魔法は役に立つんだ。いて困ることはない。

準備は大方整った。

士気も高い。

「さて、イデアにわからせるときが来た」

今日も煌びやかなローブを1枚だけ羽織った半裸のイデアは3万もの軍勢を見下ろした。

城の屋上からは海を眺めることができ、無数の船が並ぶ光景に心地よさを覚える。

自分の圧倒的な力による支配が作り上げた光景だ。

なんとも言えぬ快感が押し寄せる。下半身に熱が籠り、イデアはそれを誇るように堂々と立ち尽くす。

「イデア様、出撃の準備が整っております」

「わかった。それにしても……」

イデアは一つだけ気がかりだった。

既にミライエに忍び込ませたダークエルフたちがいつまで待っても、領内を乱すような行動を起こさない。

やられるにしても多少の騒ぎがありそうなのに、それすらない。ミライエがあまりに静かすぎる。

報告も途絶え、送り込んだダークエルフたちの行方も知れず。

「まさか本当にやられた？　それも抵抗することもできずに圧倒的な力で抑え込まれた……」

一人で憶測を口にするが、それは考えづらいとどうしても思ってしまう。

鍛えぬいた部下たちが、人間ごときに後れをとるとは考えづらい。

「確かな情報ではありませんが、シールド・レイアレスは魔族を従えているという噂が」

部下の報告に少し驚く。

「魔族を？」

しかし、その程度で恐れることもない。

どのみち勝ちは揺るがないが、部下がやられた理由は少しだけ納得がいく。

魔族がいるなら、本当に抵抗もできずにやられた可能性が出てくる。

「まあ、どうせ碌な魔族ではなかろう。たかが人間ごときに使われるようではな」

「それが……これも不確かな情報ではありますが、あのアザゼルが人間に味方しているという噂も」

アザゼル。その名は当然イデアも聞き及んでいる。

300年前の神々の戦争時代に名を売った魔族の英雄だ。

アザゼルの戦いっぷりは、人間とエルフに絶望を与え、同族の魔族さえも恐れさせたらしい。

異世界からやってきた勇者がいなければ、あれを止めるのは不可能だったと。

ドラゴンという圧倒的な存在に唯一対等に扱われた魔族だと歴史に記されている。

「ふっははははは。そうでなくては。面白い！　ようやくやる気が出てきた。あのバリア魔法を壊すだけでは物足りないと思っていたのだ」

「しかし、アザゼルは強敵。イデア様の身にも危険が及ぶやもしれません」

「赤いドラゴンを放て。シールド・レイアレスとアザゼルの首は余が取る。それに集中したい。他は赤いドラゴンに任せろ」

「しかし、あれはまだ調教不足。人間の領地が焼け野原になる可能性も……」

「それでいい。静観している人間どもに恐怖を与える必要があるからな」

ダークエルフ側の作戦は王道。

イデアがバリア魔法を壊して、その後は数で制圧。

グヴィバーと並ぶ赤いドラゴンもいる。バリア魔法を壊して以降、蹂躙する未来が見える。

数も質も負けていないと思っているイデアは、勝利を確信していた。

何より、自分がいる限り、負けはないと理解している。

「シールド・レイアレスとアザゼルか。くくっ、どっちから食らってやろうか」

イデアが大陸に覇道を唱えるために、一歩を踏み出す。

ミライエへ向けての進軍が開始された。

第四章

バリア魔法は硬いですよ

二十九話――バリア魔法と太陽の魔法

それは幸運の兆しか、もしくは不幸が扉をノックしたのか。

「けっ！　腑抜けになったのは全て演技だ。お前たちに勝ち目なんてあるかよ。悪いが俺様はイデアに与《くみ》するぜ！」

いよいよ作戦開始という段階で、仲間から裏切りが出た。

一枚岩に思えた自軍だが、こんな愚か者が出ようとは。

強烈な光で目を眩ませて、更に光魔法のスピードで逃げたのは、元ヘレナ国宮廷魔法師のゲーマグだ。

捕虜の状態でいろいろ働いて貰っていたが、まさかこんなタイミングで逃げ出すとは。しかも敵軍に逃げ込む裏切り行為。

そろそろ解放してやろうと思ってたのに、なんというタイミングだろう。でも。

「……まあ、あいつならいいか」

「そうですね」

「普通にいらないです。戦場で見つけたら一緒に殺しておきます」

満場一致でゲーマグは切り捨てることに決まった。

我が軍はやはり普通に一枚岩だった。

裏切り行為の余波が自軍に不安感を齎《もたら》す危険性はあったが、全員同じ反応だった。

ゲーマグならいいか。みんなどこかでそう思っていたことが表になっただけだった。

悲しいかな、ゲーマグ。ここにお前の居場所はなかったみたいだ。

元々同じ役職に就いていて対等だったはずなのに、今じゃすっかりと落ちぶれてしまった。

まあ、それで逆転の一手を狙ったのかもしれないが、悪いがこの戦いは俺たちが勝つ。また捕虜になって貰うか、戦死して貰おうじゃないか。

オシャレいきりボウズで元天才光魔法使いの処遇も決まり、俺たちはいよいよ作戦の実行に入る。

船に乗るダイゴに俺の服を着せて、ダミーとさせて貰う。

「え？　大丈夫、これ？」

「大丈夫ですか？　これ」

俺とダイゴは全く同じ感想を抱いた。

囮となって貰うダイゴに俺の服を着せるが、流石に幼すぎやしないか？

バレバレだろ！

「んー、こんなもんでしょ？」

「あっははは、そっくりじゃ」

作戦の最終段階に割り込んできたコンブちゃんとフェイの悪ふざけによって、俺の身代わりはダイゴに決定した。

俺に全然似ていないダイゴだが、まあいいか。船に乗せてそれらしくさせておけば、遠目じゃ気づかないだろう。

それにバリア魔法を特別に張ってやれば、危険もない。

ダミーを危険を晒すわけでもないので、このくらい適当でいいか。

さて、準備は整った。

「出撃といこう」

オートシールドが稼働し続ける軍船が進んでいく。

ウライ国とミナントの援軍も続いていくが、皆一様にこちらばかりを見る。ミライエのオートシールド付きの軍船が珍しいようだ。

これから戦いだというのに、詳しく分析したいという者まで出る始末。

これは領内秘密なので、お断りさせていただいた。

さて、作戦はこうだ。

3万のエルフの大軍にまっすぐにぶつかっていく愚か者はいない。

諂道を使わせて貰う。

バリア魔法の内側で盛大に魔法を使い、エルフの船を沈めて貰いながらとにかく派手に戦闘を行って貰う。

そして肝心の俺はというと、派手に船を見せておいて、空から行く予定だ。

悪いがエルフ全体を倒すつもりなんてない。イデア、お前だけがターゲットだ。

こちとら、街づくりが楽しくて仕方ないんだ。

こんな不毛な戦い、とっとと終わらせてやる。

空から行く部隊は、少数精鋭。

俺とアザゼル、ベルーガは当然いるとして、他はギガや戦闘に長けた魔族がちらほら。

魔族中心の編成なのは、やはり空を飛べるから便利だという点だ。

離脱も容易で素晴らしい編成。

俺とフェイに敗れて少し自信を失っているギガも、本来はとんでもなく強いのでここらで活躍して自信を取り戻してほしいところだ。

雲に隠れながら空から進んでいくと、海の真ん中に張ったバリアの向こう側に大量の船が見えた。

「ひゃー」

3万っていう規模を舐めていたかもしれない。

目に映る圧倒的な数だけで少し気持ちが萎縮する思いだ。

「シールド様、大丈夫です。あなたのことは私がかならず守ります」

「うん、ありがとう」

ベルーガがとても頼もしい。

考えてみれば、強いのはこちらも一緒。震えるのは相手側か。

アザゼルもベルーガも、ギガや他の魔族も連れてきている。

後でガブリエルも参戦してくれるらしいし、なによりバリア魔法がある。

厳しい戦いになるかもしれないが、弱気になる必要はなかった。

エルフの船がいよいよバリア魔法に到達して、船がバリア魔法に衝突する。

そんなまっすぐぶつかってくるとは思わなかった。

当然バリア魔法の前に撥ね返される船は、ものの見事に次々と粉砕されていった。

船での進軍がかなわないと見るや、大群から放たれる無数の魔法がバリア魔法を襲う。

しかし、これも全く効果がない。

良い実験になるな。これだけの人数で魔法を撃っても、俺のバリア魔法は壊れないらしい。

そりゃ自信はあったけど、見ていてとても気持ちのいい光景だ。

「俺のバリア魔法、ちょっと強いかも」

「ちょっとではございません」

サンキュー。バリア魔法を誉められると、いつだって俺は嬉しくなってしまう。

こちらの攻撃はバリア魔法をすり抜けるので、一方的な攻勢が始まった。

激しくなってきた海上の戦いを見下ろして、頃合いを見計らう。

イデアの居場所は、一緒に連れてきたエルフのリリアーネが見つけてくれる。

魔力に敏感なエルフは、俺たちより捜索に向いている。圧倒的な魔力を持つイデアは特に探しやすいらしい。

下がもっと盛り上がれば、俺たちが空から近づいてもバレることはないだろう。

そう考えていたが、どうやら相手は逃げも隠れもしないらしい。

バリア魔法の向こうに、まがまがしい炎を纏う巨大な球が現れた。

その巨大な球の生みの親が、片手を空にかざした豪奢なローブを纏った男。

浅黒い肌は、ダークエルフの証だろう。

「イデア……」

リリアーネがそう告げた。エルフの大軍の上に浮遊する男は、間違いなくイデアらしい。

あの魔法……一瞬でなんてものを作り上げてんだ。

巨大な炎の球は、街一つを消し飛ばしそうなほどの規模だ。

あれとバリア魔法がぶつかり合ったら……。

それも気になったが、俺はもう一つどうしようもなく気になったことがあった。

「あいつ……」

ローブの下、何も服を着てないぞ。

下半身とかもろに出ている。

別に立派なものをぶら下げているわけでもない。結構普通のサイズだ。体も鍛えているわけじゃない。中肉中背の類だ。少しやせているかも。

見せびらかすようなもんじゃなくね？

戦闘に集中させてくれ。変なところで気を逸らすのはずるいぞ。

苦情を言ってやりたい俺だったが、そんな暇はなかった。

太陽と見間違うような圧倒的なエネルギーを持った光の球が、バリア魔法に向かって飛んでくる。

そして、始まった。史上最高の魔法使いイデアと俺のバリア魔法の雌雄を決する戦いが。

多くのエルフを背後に従えて、イデアは海を割くように張られたバリア魔法を眺めている。

まるで世界が二つに分かたれたようだった。

海ではバリア魔法を突破できずにエルフの船が次々に沈んでいっている。

これだけ巨大なバリア魔法を一日とかからず作り上げ、3万のエルフからの魔法攻撃も防ぐ性能には少し驚いた。

人間どもからちやほやされている魔法だとは知っていたものの、この性能には驚きだ。

しかし、それももう少しの命。

「くくっ、絶望を味わわせてやる。光魔法の使い手よ。お前の魔法は所詮まだまだ未熟」

今朝方エルフ側に寝返った光魔法使いの男は、ダークエルフの幹部に拘束されていた。裏切り者は、当然相手にも警戒されている。

そもそもイデアは自分の力だけで戦争に勝つ気でいるので、誰の助力も必要としていなかった。

裏切りも、ダークエルフの部下も必要ない。

「本当の光というのは、遥か遠くにいてこそ感じられるもの。この世でもっとも強いエネルギー、核融合を引き起こす魔法、これが太陽の魔法であるぞ」

イデアの掲げた手に、まがまがしい炎がまとわりつく球体が誕生した。

そのサイズが徐々に大きくなり、異様な熱が辺りを包む。海の水が蒸発し、辺りに霧が立ち込めるが、それもまた一瞬で乾いて消えていく。

「太陽をこの手にしたものと思え。直に見続けると、視力を奪われるぞ？」

イデアの圧倒的な魔法を前に、ダークエルフたちもゲーマグも閉口する。真の天才を目の当たりにし、ゲーマグは寝返った自分の判断を少しだけ誇った。

もうちょっとだけ長生きできそうだ。あの魔法を向けられているのが自分でなくてよかった。心の底からそう思ったのだ。

「では、壊すとしようか。人間どもが縋り付いているあのバリア魔法を。太陽の魔法――」

球体がイデアの指示通り動き、海の真ん中に張られた世界を分かつバリア魔法とぶつかる。

超巨大エネルギーの塊である太陽の魔法がバリア魔法とぶつかり、海中に空洞を作り上げた。

バリア魔法と太陽の魔法がぶつかり合う箇所から強い光が生じ続ける。ぶつかり合う瞬間を直視し続けられたのは、イデアと、バリア魔法で目を守っているシールドだけだった。

その光も次第に止んでいき、時間とともにまぶしい光が徐々に薄れてゆく。

そこに残ったものは……。

無傷なバリア魔法と消え失せた太陽の魔法だった。

「なっ……ああっ!?　えっ!?　あっぎゃぎゃぎぎっ！」

イデアの口から初めて狼狽した声が出た。

三十話――速報！　バリア魔法無傷！

正直言って、非常に驚いている。

イデアから放たれたあの凄まじい魔法が俺のただのバリア魔法とぶつかり、無事で済むはずがないと思っていた。

それなのに結果は……無傷だった。そう、無傷なのだ！

俺のバリア魔法、かすり傷すらつかず威風堂々としていた。

もしかして、先ほどの魔法はただのこけおどし？

太陽かと錯覚するほどやばそうだったが、見た目ほどやばい魔法じゃないのかもしれない。

そうなのだろう。

いや、そうに違いない。

海に穴が開いてるし、水を一瞬で蒸発させてたけど、たぶん見かけ倒しなのだろう。

そんなわけあるか！　と自分でつっこんでしまった。

あれだけ凄そうな存在感を醸し出しておいて、しかも一代でエルフの島を征服し、ディストピアを築き上げた存在だぞ。

まさか、バリア魔法に傷一つつけられないなんてことはないよね？　……ないよね？

先ほどの太陽かと見間違う魔法は、完全にやばい雰囲気だった。もしやバリア魔法が壊れるのでは？　と俺に思わせるほどの魔法。

だから、ずっと身構えていたのだ。

バリア魔法が壊れた後、またすぐに新しいバリア魔法を張れるように。ずっと経過を見ていられるように、目にバリア魔法を使い強い光から守っていた。

以前ゲーマグと戦った後に考案した、目くらまし系の対策用に編み出したバリア魔法だ。

何度か訓練はしているものの、実戦は初めてだし、これだけ強い光も初めてだったがうまくいった。眩しく感じることもなく見続けることができた。

魔法がぶつかり合う間、注意してずっと見守っていた。

海の上の正規軍はバリア魔法が要となるので、バリア魔法は絶対に突破されてはならない。

バリア魔法は破られた途端に価値がなくなってしまう。

なんなら自信がなくて、壊れてもいないのに、前もって張る一歩手前だったくらいだ。

それなのに、なんだこの結果は。

「……え？　イデア弱くね？」

「いいえ、シールド様のバリア魔法が凄まじいだけです」

そうなのか？

アザゼル、それが答えなのか？

俺は少し、わからなくなってきてるんだ。

そりゃ自分の魔法には自信があるけど、今ので無傷？

このバリア魔法は聖なるバリアとは違う。

完全に全てをシャットアウトするバリア魔法で魔法反射や物理反射もつけていない。つくりが簡単なぶん、防御力がシンプルに最強だ。

しかし、それでも無傷ってあり得るのか？

相手は、あのイデアだぞ？

あまりにも差がでかすぎて、むしろこちらが困惑してくる。

イデアさん、それ本気じゃないよね？　切に願う。敵がもっと強くあってくれと願ったのは初めてかもしれない。

何のための準備だったんだとか思いながら辺りを見回すと、皆この結果を当然のように受け止めていた。

まさか、バリア魔法が壊れるかもしれないとわずかでも思っていたのは、俺だけ？

これにも驚きだ。

俺以外は、誰一人としてバリア魔法が壊れるとは思っていなかったと？

そんなに信じて貰えていただなんて、みんなまさか俺のバリア魔法が大好きなのか？　ひっ、非常に光栄です。俺はバリア魔法を称えられると、いつも通り滅茶苦茶嬉しいんだ。

見れば、海の上でも士気がさらに高まっていた。

もとより負けるつもりなどないといった雰囲気だったが、大将同士の魔法がぶつかり、こちらが勝ったことで下は楽勝モードに入っている。

「これは楽勝ですね」

ベルーガが嬉しそうに言った。上も楽勝モードでした。

「まあ、この結果は見えていましたが」

ベルーガは最初から俺のバリア魔法を信じてくれていたみたいで、ずっと自信満々な表情だった。

味方がこれほどまでに頼もしいのだ。俺ももっと堂々としなければ、それこそ不動のバリア魔法のように。

「勢いに乗じる。このままイデアに勝負をかけよう。行くぞ！」

空からバリア魔法を通り抜け、精鋭部隊を連れてイデアに向かっていく。

下の戦いも優勢だが、エルフ側にもあまり被害を出したくない。

なにせ、戦いの後、エルフの島は俺のものになるんだ。その予定。

イデアを倒せば全て済むはず。

下が圧勝する前に、上で決着をつけねば。

タイミングよく、イデアが派手な魔法をバリア魔法にぶつけ続ける。

どれも見たことのない魔法で、一点集中に貫く金属の塊はまたも俺を少しだけ不安にさせた。

一度ぶつかった金属が勢いを弱めるどころか、なぜか衝突先がより鋭く変形し、更に威力を高めていた。

しかし、残念。やはりバリア魔法は壊れないのである。

続いてバリア魔法に粘着して燃え続ける炎魔法も飛んできた。

「ああ、あれは大丈夫だ」

ちょっと違うんだよなー。あれはバリア魔法に勝てる気がしない。それはわかった。

バリア魔法の頑丈さが俺の心を勇気づけてくれる。

やはり海上の囮と、イデアの魔法がいい陽動になったのだろう。空からの奇襲は完全に成功した。

イデアの頭上まですんなりと来られた。

雲間からこのまま畳みかけるとしよう。

そうしようと思ったときだった。

雲のさらに上から赤いドラゴンが現れる。吠えたその声量は辺りに明確な振動を感じさせるほどのものだった。

「ウェルシュ……」

アザゼルはその存在を知っていたみたいで、額に冷や汗を浮かべている。

「強いのか？」

「フェイ様やコンブ様ほどではありませんが……ドラゴンですので」

「なら俺がやる」

イデアが目前だが、こんなの放っておけないよな。

「いいえ、ここは私とアザゼル様にお任せください。久々に本気を出します。シールド様はイデアのもとへ」

「それもそうですね。これしき勝てなければ、シールド様にお仕えする身として恥ずかしい」

ベルーガに続いて、アザゼルまでやる気だ。

相手はドラゴンだ。

フェイの規格外の力を知っているからこそ、余計に心配になる。

しかし、二人はもうやる気満々の表情だ。

……任せるとしよう。

アザゼルもベルーガもただものではない。俺が心配してやるのが失礼なほどに凄い魔法の使い手だ。

「先に行く！」

「「はっ」」

アザゼルとベルーガを置いて、他の魔族とともに前進する。

いよいよイデアに迫る。

「シールド様、雑魚はお任せを」

ギガが横に並ぶ。

イデアの周りにいるダークエルフは、ギガをはじめとしたうちの精鋭が排除してくれるとのこと。

それなら、俺の仕事はシンプルだ。

グリフィンに乗って、裸の男に近づいていく。

直視したくなかったけど、その股間が直に見える距離まで来た。

「シールド・レイアレス……！」

「うえっ。イデア」

大将同士が向き合った。

さて、倒すのは当然として、俺は聞いておかなきゃならないことがある。

「お前、なんで服を着ていないんだ？」

「ふははは、バカには見えぬ服を着ているのだ」

「は？　魔法を勉強しすぎて頭やられたのかよ」

これだから天才たちは苦手なんだ。

学ぶならシンプルに一つにしときなさいって！

俺のようにバリア魔法だけ学んでいれば、頭もすっきりで毎日が楽だぞ。

頼むから、下着を着けてくれ。最大の願いはそれかもしれない。


イデアは人生でもっとも焦燥感を覚えていた。

自分の魔法が、全く通用しない。

開戦前に抱いていたよりも、シールド・レイアレスのバリア魔法は凄いものだと評価を改めていたはずだった。

だからこそ、一撃目から自身のもっとも得意とし、最強である太陽の魔法を全力でぶつけた。

一撃でバリア魔法を壊し、絶望させる演出のためにも、手を抜く必要性はなかったからだ。

しかし、ふたを開けてみれば、バリア魔法は無傷。そう、無傷である。

太陽の魔法はかき消された。初めから何もなかったかのように、バリア魔法は海を分かち、そこに堂々と存在し続ける。

「……なぜ？」

理解が追い付かない。

たかだか、初級魔法であるはずのバリア魔法がなぜ壊れない。

こんなに広範囲に張っておいて、この強度？

あり得ない。あり得ないことが、目の前で起きていた。

「相性か？　きっとそうに違いない」

太陽の魔法と相性が悪かった、それ以外に考えられない。

後ろに控えるダークエルフたちの目にも疑念が生じ始める。

力で支配している関係だ。

シールド・レイアレスの魔法がイデアの魔法より強いと認知されてしまったら、イデアの支配はその瞬間終わってしまう。

負けるわけにはいかないのだ。勝利こそが、イデアに求められる絶対条件。

バリア魔法を何としてでも、壊さなければ、今の立場はもう失ったも等しい。

焦燥感に包まれるイデアの後ろで、もう一人絶望している男がいた。

ゲーマグはこの場でイデアに次いで、戸惑っている人物だった。

ダークエルフのイデアに勝てるわけがないと踏んで、ミライエを裏切ってエルフたちの陣営に駆け込んだというのに、バリア魔法は傷一つついていない。

本当に傷一つなく、バリア魔法は太陽に照らされて美しくそびえ立っている。

自らの判断が間違いだった可能性が高くなってきて、ゲーマグはそっと目を閉じた。少しでも、この後の運命が良くなることを願って。ほろりと涙が流れたのは、ゲーマグ本人しか知らない悲しき事実。

そんな悲哀に満ちたゲーマグの心情など知るはずもなく、イデアは対策を練る。

無限炎の魔法と、最高純度の鉱石弾をバリア魔法に続けざまにぶつける。

おそらく広範囲魔法よりも、一点集中が良いと判断しての魔法だった。

既にイデアの表情に余裕などない。

もっとも自信のある魔法が完敗したのだ。祈るような思いで魔法を放ったのは初めてだった。

イデアは人生で初めて祈ったかもしれない。今までの人生、魔法で、力で、自身の才能で解決できないことはなかった。

しかし、それが敵わない相手が出てきた。

工夫を凝らした一点集中の魔法もバリア魔法を壊しそうな様子は見られない。初の挫折。

突如、幼少期の記憶が頭をよぎった。

イデアはよく叱られていた。長老に森への感謝が足りていないと事あるごとに。その度に反発したものだった。

魔法の強さこそ正義、森への祈りなど無意味。そう信じてやまなかった。実際、ここまではそれでうまくいっていた。

「頼む……」

気づけば、幼い頃に言われたように森へ祈りをささげていた。今ばかりは……。一度でいいから

……。頼む！

その願いが通じたのか、空から赤いドラゴンの吠えた声が聞こえた。

頭上に敵がいる。海にばかり注意を払っていたので、完全に無警戒だった。

アザゼルとベルーガがドラゴンに向かっていくのが見えた。

多くの魔族が空から飛びかかってくる。

ダークエルフの部下たちがそれに応戦していく中、一人の人間が接近してきた。

グリフィンに乗った男は、人相書きで見た顔だった。

祈ってみるものだな。

バリア魔法を突破できない窮地に、大将首が自ら懐に飛び込んできた。

「シールド・レイアレス……！」

「うえっ。イデア」

こいつを倒せば、バリア魔法も壊れる。

幸運が舞い降りた。

シールド・レイアレスがそのバリア魔法を作り上げている本人。ならばバリア魔法よりも手強いということを忘れているおかしな思考だったが、イデアは気づいていない。

森への祈りが通じたと信じて疑わず、目の前にやってきたシールド・レイアレスにも勝てる気でいた。

イデアはもう一つ忘れている。ダークエルフはエルフの森の加護を失うことを。

それをすぐに思い出すことになろうとは、今はまだ知らない。

三十一話――バリア魔法を使わない天才たち

赤いドラゴンを挟むようにアザゼルとベルーガが上昇して接近する。

二人とも浮遊魔法を使えるので、空での戦いに難はない。

問題があるとすれば、相手が規格外の存在であるドラゴンであることだけ。

「さあ、行って」

ベルーガがグリフィンの首を撫でてやり、この場から逃げるように伝えた。

グリフィンは一般的に強い魔物の部類だが、今回は相手が悪い。

ドラゴンが相手では、可愛いグリフィンがやられかねない。

指示に従うグリフィンは、去り際にベルーガの勝利を願うように高らかに鳴いてみせた。

「ふふっ、可愛い子ね」

「さて、どうしたものか」

シールドを先にやったものの、目の前の圧倒的な存在相手に少し戸惑う。

魔法が通用するのかさえ疑問が湧く存在だ。

しかし、試してみる他ない。

『腐敗の魔法』

アザゼルが人類を滅ぼすために編み出した、殺すことに特化した魔法である。

赤いドラゴンに向けられたこの魔法は、この距離ではほとんど不可避の速攻魔法。

見事に命中し、効果もあった。赤いドラゴンの鱗を溶かし始める。腐敗が始まっていた。

魔法が効くことを確かめられたが、何せ相手のサイズが規格外に大きい。

腐敗が命に届くまで、まだまだ時間がかかりそうだった。

それまで自分たちが生き延びられるか、今度はそれが心配になってくる。

「仕込みは完了です。あとは、どう生き延びるかですね」

「十分です、アザゼル様。あとは私が」

ベルーガが集中する。

少し扱い辛いパートナーだけど、このくらいの相手ならちょうどいい。

「おいで、サンダーバード」

ベルーガの呼びかけに応じて、雲に稲妻が生じた。

辺りの雲行きが怪しくなり、空が灰色に染まり始める。

すっかりボリューミーになった雲間から、１羽の巨大な黄色い鳥が飛来する。

体に稲妻を纏った、巨大な幻鳥サンダーバードである。

現れて早々、好戦的なその目で、赤いドラゴンを睨みつけていた。

「いい子ね。力を貸してちょうだい」

いつもは暴れん坊で扱い辛いサンダーバードも、赤いドラゴンを前にすると頼もしく思える。

首元を軽く撫でてやると、サンダーバードは喜んだ。

撫でるだけでも体に電流が走るので、ベルーガとしても大変である。ベルーガの美しい髪の毛が電流で逆立っていた。

「さあ、戦っておいで」

甲高い鳴き声を発して、稲妻を纏ったサンダーバードが赤いドラゴンに突進していく。

規格外の生物同士による戦闘が始まり、辺りに衝撃波が流れた。

もはやここが戦いの主戦場と言わんばかりの迫力だ。

「私もいますよ」

水魔法で作り上げた長く伸びた剣で、ベルーガが赤いドラゴンの首元を斬りつける。

大したダメージにはなっていないが、鱗を数枚剝がすことには成功した。

『腐敗の魔法』

「こちらもお忘れなく」

アザゼルも攻撃の手を止めない。少しずつだが、腐敗は進んでいっている。そして、この魔法も決まり、もう1か所からも腐敗が侵食していく。

時間さえ稼げれば、勝てそうな戦いになってきた。

「サンダーバード、接近戦はほどほどに。油断したら一瞬でやられますよ」

ベルーガの忠告通り、サンダーバードは距離を取る。

距離を取る間は、ベルーガのもう一つの得意魔法である水魔法でフォローする。

水魔法でダメージは与えられていないが、大量の水はドラゴンの動きを鈍くさせるのには成功した。

下は大海だ。水魔法の力を補うには最適の場所だった。

「さて、濡れた体に雷はしびれますよ？」

自身の身をもって何度も体感している痛みを、赤いドラゴンに告げる。

濡れたその体に、上に移動していたサンダーバードからの強烈な雷撃が落ちる。

ドラゴンの苦悶に満ちた声が轟いた。

その直後、今度は強烈な反撃がくる。

３６０度、全方位に放たれた熱波がアザゼルとベルーガを襲う。二人とも各々の魔法でガードはしたものの、規格外の攻撃力はガードを突破して熱ダメージが通った。

アザゼルは髪の毛が燃え、ベルーガは衣服に引火した。二人ともすすまみれになったが、なんとか持ち堪える。

「一撃でこれですか……。ベルーガ、大事ないか？」

「ええ、シールド様に勝利をお届けするまでは倒れませぬ」

「良い心がけだ。しかし、いつまでも時間をかけているわけにはいかない。こんなのが続けば、流石に意識が飛びそうだ」

「同意です」

一撃でこの威力。やはりその地力は桁違い。二人ともそれを痛感していた。

「そろそろ賭けに出て仕留めるとしよう」

『死の大鎌』

まがまがしい闇の武器がアザゼルの手に出現する。

大量殺戮を目的とした腐敗の魔法とは違い、1対1に長けた武器である。

300年前、異世界からやってきた勇者の片腕を奪った武器でもある。

封印魔法の前に負けこそしたものの、人間を震撼させた、死の鍛冶師と呼ばれた魔族が死に際に残した魔法の鎌である。

扱いが非常に難しく、アザゼルにしか使いこなせない。そしてドラゴンに接近しなければならず、ハイリスクハイリターンの武器だ。

「これで終わりにします。ベルーガ、フォローを。最悪、相打ちにはしてみせます」

「いいえ、アザゼル様も生きて戻らねばシールド様を悲しませてしまいます」

「……ふっ。頑張って生き残るとしましょう」

サンダーバードが勝負時を察したのか、最大出力で稲妻を纏う。

これまでにないスピードでドラゴンに近づく。カクカクと角ばった動きは、瞬間移動しているようにも見える。

特異な移動がドラゴンの対応を遅らせ、サンダーバードが懐に潜り込む。

流石にドラゴンの体のほうが倍ほど大きく、体積はもっと違う。

しかし、腹に潜り込んでの強烈な電撃がまたも赤いドラゴンの動きを硬直させた。

ダメージも結構入っている。電撃を逃れた鱗から熱エネルギーが暴発し、それがサンダーバードを打ち抜いた。仕事はしたが、ドラゴンを前にサンダーバードはここで離脱。

「サン！　……クラーケンの墨です。存分に飲んでください」

下のサンダーバードに意識を向けているドラゴンの顔を覆うように、黒い水の球体が現れる。

ベルーガの得意とする水魔法と、パートナーのクラーケンの墨を借りた複合魔法だ。

一瞬でドラゴンの鼻息で吹き飛ばされる程度の魔法。

所詮ダメージなど通るはずもない。しかし、サンダーバードの電撃による体の硬直と上から一瞬墨で視界と意識を向けさせるだけで十分だった。

それだけの時があれば、アザゼルほどの使い手が放っておくはずもない。

言葉にはしないが、ベルーガには少しの時間稼げれば十分だと理解していた。

３００年前の神々の戦争時代も、こうしてアザゼルとともに人間の英雄と呼ばれる連中を葬っている。

その時と比べると、二人の戦いの感覚は少し鈍っているが、それでもやはり生まれながらに持っているセンスが違う。

ドラゴンに気づかれることなく首根っこに迫ったアザゼルは、斬りつける瞬間まで全ての生気を抑えていた。

羽虫程度の存在感で迫り、今全ての力を解放して必殺の一撃を繰り出す。

殺気が漏れたのは一瞬だった、死の大鎌がドラゴンの首を切り裂いた後に少しだけ。

見届けたベルーガは、アザゼルの相変わらずの天才的な戦闘センスに敬服した。

「私とは違い、全然鈍っていないじゃないですか……」

封印されていた間でさえ、戦いのことばかりを考えていたアザゼルだ。

早々勘が鈍るわけもなかった。

戦いの中にずっと身を置いていたアザゼルの真価が発揮されて、嬉しく思う。

そして、そのアザゼルがようやく安らぎの土地を見つけられたことも、ベルーガとしては嬉しく思うのだった。同時に、それを齎してくれたシールド・レイアレスに、誰よりも大きく感謝した。

空からドラゴンが落ちていく。赤いドラゴンが死んだ。

しかし、死んでなお厄介なのがドラゴンである。

体から大量の瘴気が漏れ出る。

そこらの人間なら軽く吸い込んだだけで死ぬほどの代物だ。

流石のアザゼルとベルーガでさえ、これを吸い込むのはまずい。

ベルーガが巨大な泡で二人を包み込む。サンダーバードにもこの場を離れるように伝えた。

ドラゴンが海へと落ちていく。

いずれは巨大な魔石を残し、その血肉は他の魔物の糧となるのだが、しばらくは危ない瘴気が立ち込めそうだった。

「あっ!?」

ベルーガがアザゼルの手元の異変に気が付く。

少し音がした。

死の大鎌に罅《ひび》が入り、次の瞬間には砕けて細かい粒子となって消えていった。見ると斬りつけた側のアザゼルの腕も焼かれていた。

「アザゼル様、それは神々の戦争時代より大事にしていた武器……」

アザゼルにも少し思うところがあったようだ。

感情が揺れて、しばらく言葉が出てこない。

「……流石にドラゴンを斬ったのです、この子も精一杯踏ん張ってくれたみたいです」

冷静なようで、痛む心に耐えているのは明白だった。

ドラゴンを斬ったのだ、その反動は凄まじいものになる。

「しかし、これでよいのです」

ベルーガにはその言葉が本当かどうか判断できなかった。

強がっているようにも聞こえる。

「これまでたくさん働いてくれましたし、こんな大事な戦争で敵のドラゴンまで葬ってくれたのです。これでシールド様の足を引っ張らずに済みました」

「流石アザゼル様です。鎌がなければ、想像以上に厳しい戦いでした」

「ええ。それに、もしかしたらこの子は役目を失ったことを悟ったのかもしれないですね」

「え？」

ベルーガは理解が追い付かなかった。

役目を終えるときがあるのか？　少し疑問に感じた。

「シールド様が作り上げる世界に、この子の居場所はない。いいえ、必要なくなるのでしょう」

「ああ……」

少しだけ、アザゼルの言葉の意味を理解する。

心の内も少し覗けた。きっとアザゼルは本当に後悔がないのだろう。

そう理解できるのは、ベルーガ自身も同じ気持ちがあるから。

これからの時代に、３００年前に身に付けた魔法は必要ない。

グリフィンやクラーケン、サンダーバードと平和に暮らしていける未来が見えた気がした。

赤いドラゴンVSアザゼル、ベルーガ。

アザゼル、ベルーガの完勝で幕を閉じる。

三十二話――バリア魔法と魔法の極致

何が起きようが、相手がどれほどの存在だろうが、俺はまずこれを言ってやらなければいけない気がした。

「お前な、魔法を勉強する前に常識を学べよ」

常識とか普通とか、そういう強制的に他人を枠にはめるような言葉が俺は嫌いだ。嫌いな言葉や考えを口にしてまで、それでも俺には伝えたいことがあるんだ。

「パンツ穿《は》けよ！」

バリア魔法でどうしようもないことは、次第になくなっていると思っていた。

しかし、その考えは浅はかだったとイデアが教えてくれる。

目の前で露出された股間は、目にバリア魔法を張った俺にも精神ダメージを与えてくる。なかなかに強烈な光景だ。

そこ、デリケートゾーンだから。

いろんな意味でデリケートだから！

大事な部分をそう簡単に露出するもんじゃない。ブルンブルンさせるな！

「ふっははは、先ほども言ったであろう。余は王。世界の王になる男だ。余が着ているといえば、それこそが真実。見えぬと申す者こそが偽りであるぞ」

「そういうのをなんて言うか教えてやろうか？」

「申してみよ」

「変態って言うんだよ」

バカとも言う。

パンツを穿いていないのに、こいつが穿いていると言えば穿いていることになるだと!?　そんなくだらない世界、ぶっ壊れてしまえばいい。

こいつにだけは、世界の覇権を握らせるわけにはいかない。俺に謎の使命感が湧き上がってきた。

全く、散々存在だけが俺の中で大きくなって、不安感を煽ってきてたというのに、蓋を開けてみればただの変態だった。

俺のバリア魔法に傷一つ付けられない派手なだけの魔法を使う、股間晒しのダークエルフである。

今のところ、評価はそんな感じになる。

辺りの戦いが激しくなっていく。

ギガが数人まとめて殴り倒しているのが見えた。殴られた相手が降り注ぐ隕石のごとく海に突き刺さっていく。

俺たちよりも高いところではアザゼルとベルーガがドラゴンの相手をしている。

こちらが優勢に見えるが、いつまでも変態に時間を割いている場合じゃないな。

「イデア、いつまでもお前の変態ファッションショーに付き合っている暇はない。とっとと終わらそう」

「余に勝てると？」

実際、開戦前まで自信はあまりなかった。やってみないとわからないなと感じていた。

やたらと評判の高かったイデアに恐怖した瞬間も多かったと正直に告白しよう。

ただし、今となってはもうそんな気持ちも消え失せている。

だって、俺のバリア魔法に傷一つ付けられないいんだもん。

それってさあ、そこらのモブと一緒ってこと!?

派手な魔法は周囲に影響こそ及ぼすが、俺のバリア魔法を突破できないのでは勝負は決しているも同じだ。

「悪いが、勝たせて貰う」

「やってみせよ。至近距離に来たこと、後悔するがいい。くははは、太陽の魔法で焼き尽くされるが良いわ」

イデアの片手に、先ほど太陽と見間違えた球体が現れた。

遠目からでも凄いものだとわかっていたが、こうして近くで見るとやはり恐ろしい魔法だ。

魔法の極致に至った男の使う魔法は、規格外。それでも……。

『太陽の魔法』

『バリア――魔法反射』

お互いの魔法がぶつかり合い、辺りにまたも天変地異かと見間違うような異変を引き起こしつつ、すぐに決着がつく。

「そのまま返すぞ、イデア」

バリア魔法を突破できなかった太陽の魔法が、そのままの威力でイデアに撥ね返されていく。

恐ろしい威力を持った魔法だ。それは作り上げたイデアが一番わかっているはず。受ければただでは済まないぞ。

しかし、直前でイデアも新しく魔法を使う。

神秘的な光を放つ大木を生み出し、複雑に絡み合った枝葉が太陽の魔法をからめとる。その衝撃を殺していき、威力を相殺するように飲み込んだ。

それでも太陽の魔法の威力が勝ったみたいで、最後に大きく爆発が起きた。

爆発の後に残ったのは、ローブも吹き飛ばされて素っ裸になったイデアだった。ダメージは負っているが、まだまだ戦えそうだ。

……最悪である。

よりにもよって、服だけが吹き飛んでしまった。

相手が美女であればなんというご褒美展開だと喜ぶところだが、股間に一物をぶら下げている男の全裸を見せられても誰得状態だ。

「……納得がいかぬ。なぜ、余の魔法が押し返される」

「俺のバリア魔法は硬いからな」

イデアの顔色が徐々に悪くなっていく。

空から奇襲したとき、イデアの表情が明るくなったと感じた瞬間があった。

てっきり、最初の一撃でバリア魔法に傷一つ付けられなくて絶望しているものだと思っていた。

それなのに、妙に勝気だったから不思議だったんだ。

「まさかお前、バリア魔法には勝てないのに、俺には勝てると思っているのか？」

「……!?」

愚か者め、そのバリア魔法を作り上げているのが俺なんだ。

バリア魔法の生みの親が、ただそびえ立つバリア魔法より劣るはずがない。

やはり勉強しすぎたやつは駄目だな。もっと単純に生きるべきだ。

「イデア、勉強しすぎて変態になったお前に終止符を打つ。安心しろ、エルフの島は俺が上手に活用してやる」

「……ほざけ！」

イデアが魔法を放つ。

それも無数に。

見たことのないありとあらゆる魔法が飛んでくる。

色鮮やかで美しい。当然ただのバリアで防いだ。

「何か、したか？」

「なっ!?」

驚愕の表情を浮かべるイデアは困惑しつつも、攻撃こそ最大の防御と言わんばかりに、更に数を増やして魔法を乱射する。

あらゆる方向から飛んでくるので、球体状のバリア魔法で体を守った。

これだけ攻撃してくれるのはありがたい。

相手の手数が増えれば増えるだけ、俺の手数も増えるというわけだ。

『バリア――魔法反射』

お前が作り上げた無数の魔法、そして使いこなすその魔法を、全て撥ね返す。

襲い掛かってくる美しい魔法が全て、イデアに撥ね返る。

また新しく守りの魔法を使っているみたいだが、持久戦なら負けはしない。

なぜなら、俺が使っているのはただのバリア魔法。初級魔法で魔力消費も少ないんだ。しかも、今のところ受けたダメージもなし。持久戦には最適。

「とことん付き合うぞイデア」

「そうか。それは感謝する」

イデアの声が俺の背後から聞こえた。

俺の視線の先に見えるイデアは、撥ね返した魔法に貫かれて木っ端みじんに消えていく。魔法を食らったその体は、まるで生身のようだった。

俺のバリア魔法の魔法反射は、そのまま使用者に撥ね返る。

ダミー魔法ではごまかしきれないはず。しかし、現実にイデア本体と思われる存在が背後にいる。

「分身魔法も極めれば、限りなく本体と同じに寄せることも可能ということだ」

そういうことらしい。

全く、恐れ入る。

これが魔法の極致に至る存在か。

反射した魔法を食らったイデアは、もしかしたら最初から本体ではなかったのかもしれない。背後に回ったイデアこそ、ずっと身を潜めていた本体というわけか。

「次は正確に撥ね返す。ダミーはもう通用しない」

そういう魔法が使えると認識できた時点で、俺の魔法反射は正確に本体を追うことができる。

小細工は一度までだ。

「ダミーはもう必要ない。力はたまっている」

ただ隠れていたわけではなかったということか。一応、やることはやっていたらしい。

「これで終わりにしよう。ダークエルフの真の恐ろしさを体感するがよい。これが原始の魔法にして、最強の魔法であるぞ」

イデアの片手から、透明な刃が現れる。

透明だが周りの空間に馴染んでおらず、少し浮いて見える。注意してみれば、はっきりと形がわかる。

……魔力で作り上げた剣か。

それも恐ろしく魔力の籠った代物である。隠れてしこしこ……こそこそとこんなものを作っていたのか、イデア。

凄まじいものだと思う。素直に称賛する。こんなもの、人類では一生かけても作れないだろう。

未来永劫、見ることのないものかもしれない。そう思わせるほどの魔法であり、魔力だ。

初見だったら防げなかったかもな。

バリア――魔法反射を使った俺は、この刃に貫かれていたかも？

いいや、そんなこともないか。

少し戸惑いながらも、結局はバリア魔法が勝っていたに違いない。

魔法の極致に至ったイデア、お前は俺のバリア魔法に屈するのだ。

「これでおしまいだ」『原始魔力の刃』

『バリア――魔力反射』

最初にヒントをくれたのはそちらだ。

盛大に散るがいい、イデア。

魔力の刃と、バリア魔法がぶつかり合う。

攻撃を受けた俺にはその凄まじい威力がわかる。けれど、静かな決着となった。

衝突からしばらくし、刃を撥ね返す。

おそらくこの世で一番切れ味の良い魔力の剣が、イデアの首を刎ねる。

すぱっと綺麗に切り裂き、裸の王様は息絶えた。

あっけない幕切れだったな。

悪いが、死の領主の俺に挑んだ時点で、お前の首が飛ぶことは決定していた。

この勝負、俺の勝ちだ。

ダークエルフとの戦争は、大将の首を取ったことでこちらに大きく傾くことだろう。

味方に勝利を知らせなくては。

さあ、勝鬨《かちどき》を上げるか。

三十三話 ―― 新しく守る土地

イデアが敗れたという情報が知れ渡ると、戦場は形勢が傾くというレベルではなくなっていた。

ほとんどのエルフが戦いを放棄し、全面降伏したのだ。

もともとイデアによる支配の上で戦わされていたのであって、エルフ自体好戦的な気質ではない。

むしろ平和的で温厚なのがエルフの特徴らしい。３００年前の神々の戦争時代も、人間に同情した心優しきエルフが助けてくれたに過ぎない。争いは基本行わないのがエルフである。

そういったこともあり、3万の軍勢は戦いをやめた。バリア魔法がなければ、この魔法のエリート集団に大陸が蹂躙されていた未来もあったかもしれないな。

とりあえず、うまくいって良かった。

全ての条件を飲むということで、こちらとしては大変助かる降伏の仕方をしてくれた。

武器も放棄し、戦後の後始末もとんとん拍子に進んでいく。

自軍の被害はほとんどなく、エルフ側にも大きな損傷はない。

戦争の遺恨は、ほとんど残りそうになかった。

海上の犠牲はそこそこあるものの、ほとんど全てがエルフ側のダメージだ。

空はダークエルフ側の被害が大きく、うちは魔族が数名寝込む程度の被害だ。

やはりイデアとの決着が早々に着いたのがよかった。戦いを急いだのは吉と出たな。

「二人ともよくやってくれた」

アザゼルとベルーガに大きな仕事を任せたが、二人とも赤いドラゴンを葬ってくれた。

二人の表情は、戦いの前よりも少し晴れやかに見える。

何かあったのだろうか？

大きな重しを取り去った、そんな表情に見えた。

「自らの因縁とお別れしたままでです。感謝しております、強者と戦わせていただいたこと」

そんなことを感謝されても……。

ドラゴンを押さえつけてくれたから、戦争が早く終わったのだ。

感謝されるべきはそちらだ。

アザゼルをはじめとした魔族を労っていく。

正規軍もよくやってくれた。報奨金を出すのはもちろんとして、今度の査定を楽しみに待っていてほしい。今度こそ給料を上げます！

オリバーとカプレーゼをはじめ、本当によくやってくれたと思う。自信がより一層ついたのも、またいい結果だったな。

軍と言えば、ギガもエルフ最高の戦士と互角以上にやりあってくれた。

決着がつかなかったらしく、妙な友情を芽生えさせている。後日決着をつけるとのこと。

戦闘大好きな連中はこれだから困るぜ。

そのギガと謎の友情を結んだのが、エルフ最高の戦士エヴァンだ。それと先日保護したエルフのリリアーネ。この二人がエルフ側の代表となって、戦後処理を行うこととなった。

「まずは、戦争を早々に終わらせてくれ、エルフ側に危害も加えなかったことを感謝したい」

ミライエの領主邸で行われた話し合いの場で、エヴァンは深々と頭を下げてお礼を述べた。

リリアーネも続く。

堅苦しいのは苦手だが、まあ気持ちは受け取っておこう。

「我々は全面降伏した身。全ての条件を飲む気でいます。しかし、慈悲深い統治者で知られるシールド・レイアレス様の慈悲が、我々にも少しばかり向くことを願っております」

慈悲深い？　この俺が？

さては、エヴァン。情報収集を怠ったな？

俺は死の領主で通っているはずだ。慈悲深い統治者だなんて、それはベルーガに任せて流させたデマのほうだぞ。

くっくく、まんまと引っかかったな！

「戦争の原因となったイデアは死んだし、ダークエルフも数を大きく減らした。準備にいろいろと戦費はかかったものの、人も街にも被害はほぼない。俺としては、賠償などは求めないつもりだ」

「……ありがとうございます」

「しかし」

この単語で場に沈黙が流れる。

当然、この場にいるだれもがただで済むとは思っていなかった。

緊張した空気感が俺にも伝わる。

「エルフの島は、今後俺の領地とする。ルールを決めるし、統治者もこちら側から送り込む」

エヴァンとリリアーネは黙り込んだ。

ここまでの話は予想できたのだろう。問題は内容である。

統治内容がひどければ、イデアの支配と変わらなくなってしまう。

けれど、安心してくれ。

俺にも外聞があるからな。それにエルフをひどく扱う意味もない。

特別何かが欲しいわけでもないしな。

「統治のルールは追々詰めていくとして、とりあえずはミライエと同じ法を適用する。まあ最初は馴染めないかもしれないが、それは調整していくから安心してくれ」

お互いを見つめ合い、エヴァンとリリアーネはホッとしていた。

実際そんなにひどいことはしないつもりだし、むしろエルフ側にも平穏に暮らしてほしいと思っている。

もちろん、不正者の首は飛ぶけどね！

ウライ国とミナントとはまたいろいろ話し合いが必要そうだ。二国から何も報酬はいらないと言われているが、そういうわけにもいかないだろう。いずれ何か送ろうと思う。

ガブリエルはまた後日大事な話を持ってくると言い、ミナントへと戻っている。

久々にあのエロエロお姉さんに抱き着かれて美味しい思いをさせて貰ったりした上に、更に大事な話だと？

とても気になったが、忙しいのが感謝だけ伝えておいた。

領地は幸いとても豊かだし、ウライ国にもミナントにも大きなお礼を送り届けられそうだ。

二国に被害が出なかったのもよかった。

エルフとの遺恨が残っていないのも、統治しやすい理由になってくれる。

いずれはエルフの島にも聖なるバリアを張れたらいいのだが、それで他国の不興を買ってはまずいので、ゆっくりと話し合いの席を設けようと思う。

なにせ、俺のバリア魔法は結構規模が大きめの話になるんだ、これが。

ヘレナ国から出て、時間も経っている。かつての、そこそこいい魔法だよね、から世界に影響を与えるほどの魔法だという認識に、徐々にスイッチの切り替えができてきている。学のない俺でもこのくらいは理解してきている。

何より、イデアに勝ったことが大きい。

あんな魔法を無傷で防いだのだ。流石に自分のバリア魔法が誇らしいし、世界最強では？　という自覚まで持ち始めている。

バリア魔法、やはり最強か？

最強の力をもってしても、周りとは上手にやっていきたいのでゆっくりと歩んでいこう。

「寛大なお心遣いに感謝いたします。そういえば、いろいろと貢物を持ってきていますので、どうぞ」

エヴァンの指示で会議の場に運び入れられたのは、エルフの島で生産された名品たちだった。

珍しいものは俺じゃなく、御用商人のブルックスに見せてやりたいものが多かった。

俺は、うわぁきれー、くらいの感想しか出てこないが、ブルックスは喜ぶだろうな。いや、あいつは金の計算しかしないかもしれない。どっちもどっちか。

「エルフの絹か……綺麗だ」

なめらかで仄かに光沢を放つこの生地は、女性が目を飛び出して欲しがりそうな代物だ。

実際、この会議の席にいるベルーガがわずかに興味を持っているのがわかる。

わかりやすい反応が見えたので、それとなくベルーガのほうに渡しておいた。

頬を染めて嬉しそうにしている。それはベルーガにあげるとしよう。俺はもっと動きやすくて頑丈な生地が好きだ。ああいうのは女性が丁寧に扱ってくれそうだし、ベルーガほど美しい女性だからこそより映えることだろう。

相応しい人に、相応しい物を。

「こちらは、エルフの島で採れる特殊な鉄鉱石で作られた剣です。名匠が仕上げた逸品で、間違いのない仕上がりかと」

こちらも仄かに光沢を放つ剣だった。聖なる力でも宿っていそうな美しさだ。

「シールド様、これは私が貰ってもよろしいですか？」

「ん？　もちろんだが」

アザゼルが物を欲しがるなんて珍しい。

俺は剣なんて使えないし、アザゼルとベルーガには戦いの功績と普段の働きに報いて何をやろうと思い悩んでいたところだ。

二人がそれぞれ欲しいものがあって、良かったと思っているくらい。

しかし、実に興味深い。理由を聞いてみたいと思った。

「……古い相棒に別れを告げたばかりでして。これからは、この剣を相棒に、新しい時代を生きようかと」

なんか遠回しな言葉でよく理解できなかった。アザゼルの過去と関係のありそうな話だ。まあ、いいか。アザゼルの嬉しそうな顔を久々に見られて、俺も気持ちがハッピーだ。

「これで最後になります。エルフ米にございます」

最後に贈られたのは、木箱にたっぷりと入った白い粒だった。

米というのは聞いたことがある。大陸の主食は小麦なのだが、北のイリアスでは米を食べる地方もあるとか情報で知っている程度。エルフも米を食べるのは知らなかった。

つい最近までエルフの生態について、ほとんど知らなかったくらいだしな。

もちろん、俺自身も食べたことがない。

「米の中でも、エルフの島の豊かな土壌で育った特殊な米です。エルフの職人が熟練の技術をもってして、安心安全に美味しく実らせた極上の代物です。どうぞお納めください」

こういう物を貰えると、エルフを酷く扱うのも難しくなるよな。捧げものって大事なんだねって貰う身になって初めて実感している。

「ローソンに作らせて、さっそく夕食の時に食べよう」

「毒見は私が」

「いいや。大丈夫だ」

エルフを信用しているとかじゃない。バリア魔法のおかげで毒とか効かないんだ、この体は。ベルーガのありがたい申し出を断る。俺が食べることで、エヴァンたちを信頼していますよというポーズにもなる。毒が本当に入っていたときは、その時に首を刎ねればいいだけのこと。

なかなかに駆け引きがうまくなったなぁと自画自賛しながら、話し合いの場を終えた。

エルフの島の統治者は、当分の間ファンサに任せる。その補佐にエルフであるエヴァンとリリアーネをつける予定だ。

徐々にエルフの島に馴染んだ統治をさせていくつもりである。

こうして戦いは終わり、戦後の処理も終わった。

まだ他国とも話し合いをする必要があるし、何よりエルフの島をどう活かすかも考えないといけないが、そのヒントが夕食に隠されていた。

ローソンは流石一流の料理人だけあり、米の調理方法も知っていた。

夕食の席に同席したエヴァンとリリアーネも褒めるほどの綺麗な炊き上がりである。

米が立ち上がるのが、いい炊き方らしい。二人が興奮して褒めるので、おそらく大正解なのだろう。知らんけど。

そんな適当なことを考えていた俺だが、エルフ米を口に運んだ途端、二人の興奮具合を理解することとなる。

「ん!?」

なんだこれは。

あまい！　口いっぱいに広がるあまみと豊かな土壌からくるミネラルの旨み。

なんなんだこれは。ショッギョを初めて食べたときと同じ衝撃が脳内で起きている。

パン！　パンっ！　パンっ!!

米なのに、パン!!

俺の頭の中で何かが弾けた。いけない脳内物質が出ている感じがする。

「うますぎだろ、これぇ……」

おかずが必要ないだと？　エルフ米単体で食が進んでいく。止まらない。止まらないよ！

米、うんめー！

「エヴァン、エルフ米は量産できるのか？」

「もちろんでございます。土地を上手に休めれば、半永久的に収穫できるかと」

「ほう……」

決まったな。エルフの島の正しい活かし方を。

エルフはもともと森と大地とともに生きる種族だ。

畑仕事も好きで、食べる分に必要な適度な狩りも好きらしい。

自然とともに生きる素晴らしい生活だ。彼らのそんな適性を活かしながら、大陸にも大きな恵みを届けられそうな計画が思い浮かぶ。街づくりに続いて、面白いことができそうだと感じている。

大きな勝利と大きな報酬を届けてくれたバリア魔法に再度感謝しながら、俺は美味しい米を平らげた。


「うおおおおお。やはりお告げの方だったか」

「オリヴィエ様に栄光あれ――!!」

オリヴィエがエルフの島に流れ着いて以降、襲い掛かってくるダークエルフとの戦闘にとことん勝ち続けた。

魔法に長けたダークエルフでも、オリヴィエを前には手も足も出ない。幹部クラスでようやくいい勝負に持ち込めるレベルだ。しかし、その幹部もすでにオリヴィエの前に敗れさり、森の一部に還っていた。

「どうか我らの女王に！」

「救いの女神に！」

まずい。

ミライエの辺境で受けた扱いと似た感じになりつつあることを自覚してきた。

実際、今日も祭壇に座らされ、顔には黒い墨で特殊なメイクをされている。

目の下の黒いメイクが濃い隈みたいで、非常に嫌だ。

目の前には豚の丸焼きが一頭ぶら下がっており、捧げものにされている。

（普通に食べられるわけないし、なんか見た目が無理）

そろそろ潮時だと感じていたオリヴィエは、皆に別れを告げる。

「お告げの人の役目は終わりました。私は天に帰るとしましょう」

「なっ!?」

エルフたちの制止を無視して、幻惑の魔法でエルフたちの目を一時的にくらます。その隙に移動魔法で逃げた。

新しい時代が到来しようというエルフの島から、オリヴィエが脱出する。

「ミライエに！　帰らなくちゃ！」

船はエルフのものを頂戴した。

風魔法を起こして、帆に風を当てて進んでいく。

「……シールド、久々に会いたいなぁ」

船は順調に進んでいく。北へと向かって。

方角の感覚がずれているオリヴィエは、またもシールドから遠ざかっていく。当分会えそうにない。

幕間

バリア魔法に引く幕はないが

閑話一――ゲーマグVSガブリエル

「あら、どこへ行かれるのですか？」

突如、目の前の空間に穴が開いたかと思えば、そこから肌の露出の多い妖艶な美女が飛び出てきた。華麗な動きで着地したガブリエルは、ボロボロになりながら逃げるゲーマグにおっとりとした声色で話しかけた。

「お前は……。追手か」

「追手ではありませんが、あなたのことは存じ上げております。よりにもよって、シールド様を捨てて、イデアに寝返った愚か者……で合っていますよね？」

「ぐっ」

苦虫を噛み潰したように表情を崩し、ガブリエルを睨みつける。ゲーマグとて、こんな想定ではなかった。宮廷魔法師の地位を失い、囚われの身になった状況を改善するためにイデア陣営に寝返ったはずだった。しかし、蓋を開けてみればシールドの圧勝で戦いは幕を閉じた。ダークエルフの天才イデアはシールドの足元にも及ばなかった。あの硬すぎるバリア魔法は今回も傷一つつかずに全てを守り切ったのだ。魔法の極致に至る存在ですら、これだ。信じられない思いだった。自分が何を見ているのか、理解が追い付かない始末。全てが計算違いに終わってしまった。

ぼんやりしている余裕はなかった。戦いが終わり、このままだと自分は捕らえられてしまう。宮廷魔法師時代からシールドを目の敵にしていたこともあり、更には今回の裏切りだ。魔族たちに捕まれば、一体どんな目にあわされるかわかったものじゃない。光魔法を使用して、全力で逃げている最中だった。

「私は別にあなたに用があったわけではありません。なにか強い魔力を感じたので空間魔法で様子を見に来ただけです。本当は一刻も早くシールド様の元に行きたいのですよ」

「……では、見逃してくれ」

「はい。どうぞ」

優しい笑みを浮かべて、ガブリエルが頷いた。その言葉を信じて、光魔法を使用して加速した。

「なっ!?」

その移動先に、ゲートが出現する。ミニチュアブラックホールとでも呼ぶべきか。物々しい雰囲気のゲートは、強い引力でゲーマグの体を引っ張った。

「どういうつもりだ！」

「あなたに用はないのですが、シールド様への手土産を忘れていたことを思い出しました」

「うかつなやつだ。俺に勝てるとでも思っているのか？」

「やってみる価値はあると思っていますよ」

振り返り、抗戦の構えに出るゲーマグ。これでも元は大国ヘレナの宮廷魔法師だ。幼少期より天才と崇められた国一番の光魔法使い。その矜持が、一刻も早く逃げなければという危機感を上回ってしまった。

「あなたは急いで戦いを済ませなくてはならない。私はいくらでも時間をかけて良い。私に追い風が吹いていますね」

「すぐに終わらせるから安心しろ」

殺気を飛ばすゲーマグが、焦らざるを得ない光景を目にする。ゲートがいくつかガブリエルの前に現れて、そこに映像が映し出される。どうやら、軍が追手としてゲーマグの痕跡を探しているようだった。

「どうです？　先ほどより切羽詰まった気分ではありませんか？」

実際、この映像はゲーマグの心に焦燥感を味わわせた。ガブリエルの心理攻撃は見事成功したと言える。

魔法使い同士の戦いに絶対はない。大きな力差でもない限り。ガブリエルはそこをよく理解している。自分の空間魔法に絶対の自信はあるが、勝利のための道筋は省略しない。こうやってガブリエルは魔法の高みまで上り詰めて来た。

「追手は、魔族のギガと、カプレーゼか。お前を倒せばなんとかなりそうなメンツだ」

追手の存在には焦らされたが、よくよく見てみると、知っている顔だった。

アザゼルやベルーガが出てきてたら絶望的だった。黄金のドラゴンフェイが出て来た日には死を覚悟せざるを得ない。ミライエでの生活で、この3人の実力がやばいことは理解した。

しかし、それはないとどこかで思っていた。この3人はミライエの主力だ。追手としては来ないと踏んでいたが、予想的中である。

「あれ？　あなたギガ様とカプレーゼ様を知っているのですね」

「ああ、なんだかんだこの地での生活が長いからな」

「では、なぜそんなに余裕なのですか？」

二人の間に少し沈黙が流れた。認識のずれがあると、すぐに気づく。

「俺はヘレナ国宮廷魔法師、序列第5位。神速の光魔法使いゲーマグ様だ。ギガとカプレーゼ程度に後れは取らない」

「それはおかしいです」

かっこよく自己紹介してみせたゲーマグのセリフを、ガブリエルが完全否定する。

「ミライエで最強は間違いなくシールド様。次いでフェイ様。その後にアザゼル様、ベルーガ様と来ます」

これはゲーマグも同意できる。最初こそその強さを見誤ったが、この4人は間違いなくやばい。

シールドは少し特殊だが、この4人に勝てる姿は全くイメージがつかない。

しかし、その下はそうではないと思っている。それがゲーマグの見解。

「しかし、その下が弱いとは思いません。私の見立てでは、あなたは私より弱く。私はギガ様とカプレーゼ様よりも弱いです」

「は？」

ミナント最高の魔法使いが、ギガやカプレーゼ、ミライエで5番手以下にいる存在よりも弱い？

ゲーマグはとても信じられなかった。

目の前のガブリエルが強いのはわかる。単純な魔法使いとしての力だけでなく、心理戦を繰り広げるところ、時間を稼ぐのがうまいところを含めて、強者であると認定している。その彼女よりもギガとカプレーゼが上回るだと!?

ゲーマグはとても信じられない気持ちだった。

「そんなことはあり得ない。それがあり得てしまえば、あそこは化け物の巣窟ということになってしまう」

「その通りですよ？　だからあなたはどこまでも愚かな行動を取っているのです。このまま自分からシールド様の元に戻ったほうが良いと思いますよ？　私があなたを取り逃がしたところで、ギガ様とカプレーゼ様までしくじるとは思えません。最悪なパターンとして、あの二人が間違ってあなたをやっちゃう未来もあるかもしれません」

ガブリエルの言葉を聞いていると、地獄の底に叩きつけられたような気分になってくる。それが本当なのか、それとも心理戦で嘘をついているのかゲーマグには判断しきれないからだ。

「もういい。お前を殺して、俺は逃げ延びてみせる。ギガもカプレーゼも返り討ちにしてな！」

『光魔法――終焉』

天才魔法使いゲーマグが先手を打つ。光と闇は表裏一体。光を終わらせ、辺り一帯を完全なる闇に戻す魔法。大量の魔力を消費するが、視界を奪う意味で最高峰の魔法である。光で照らして視界を奪う魔法もあるが、こちらは対策がない。唯一光を自在に操れるゲーマグだけが、この空間を見通すことができる。

「いない!?」

すぐに異変に気づく。闇の空間を見回すが、ガブリエルがいないのだ。この闇はゲーマグが支配している。隠れることなど不可能なはずだった。

「強力な魔法ですこと」

ガブリエルの声が遥か上空から聞こえてくる。そこで理解した。相手は空間魔法の使い手だ。一瞬で闇を飛び越え、空に移動したのだ。膨大な魔力を使用して作り上げた闇のゾーンを、相手のもっとも基礎的な魔法で対処されてしまった。己の悪手に、ゲーマグが悪態をつく。

「くそがっ」

回りくどいのはなしだ。こうなれば、すぐに殺すまで。

『光魔法――光道』

光に溶け込むように姿を消したゲーマグは、次の瞬間には宙にいたガブリエルの前に姿を現す。

「瞬間移動できるのは、なにもお嬢さんの魔法の専売特許ってわけじゃない」

『光魔法――炎光』

凝縮した光が熱を持ち赤く染まっていく。ゲーマグの右手に集った光が剣の形を作り、武器と化した。イデアの太陽の魔法に仕組みは近い。つまりは、これもそうとう厄介な魔法である。

「凝縮した光は熱を放つ。その完成形を見届けながら、死ね」

光魔法の完成形はイデアの太陽の魔法なのだが、ゲーマグは己を鼓舞するためにもそう言ってのけた。

光魔法の剣がガブリエルに襲い掛かる。しかし、その斬撃は届かなかった。

『空間魔法——反転』

急にガブリエルが上下逆さまになった。剣は空を斬る。

自然落下の法則に従い、ゲーマグが地上に落ちていく。空間魔法で一瞬にして回転させられたのだと知った。

「そのまま落ちて戦闘不能になってくれればいいのですが、流石にそんなに簡単ではありませんよね？」

「当然だ」

光魔法で移動し、地面に着地する。地上から見上げると、ガブリエルはまだ宙にいた。空間魔法での滞空は光魔法とは違い、格段に容易らしい。

『空間魔法——ブラックホール』

観察している場合じゃない。ガブリエルがようやく攻勢に出たことを理解する。大量に現れた、強力な引力を発するゲート。吸い込まれたらどこに飛ばされるかわかったものじゃない。そんなものが軽く10を超えて出現する。

「くそっ！　足元まで！」

移動するところについてくる。とても厄介な魔法だ。

「連続使用は過度に魔力を消費しますが、続けていきますよ！」

『空間魔法——次元崩壊』

視界が歪んだ。目の前に見えていた木々がバラバラになったような光景が。大地も散り散りだ。錯覚なのか、それとも本当に起きている現象なのか、わからない。

これは認知を歪ませただけなのだが、どちらにせよ対処のしようがない。ゲーマグはその場に立ち尽くし、動けなくなった。ブラックホールに吸い込まれて、戦いが終了する。

ブラックホールの先でガブリエルの部下に縛られたゲーマグ。空間魔法で強制的にガブリエルの元に戻されて、ふてくされた顔で座り込んだ。

「どう？　私の空間魔法、なかなか強いでしょ？」

「ふん。一度見れば対処できる魔法だ」

「そうかしら？　二度目はないし、二度目があったとしても私は勝てる自信があるわよ」

ゲーマグの目は死んでいなかった。ブラックホールに飲み込まれた先で殺されていたら間違いなく負けだった。

しかし、自分は生かされた。ロープに縛られて拘束されているだけ。

「くくっ、女、甘いな」

ゲーマグにはまだ切り札があった。戦闘中隠れて使用していた光魔法の大技。『光魔法――夜明けの矢』が降り注ぐ条件が整った。

空に異常な魔力を感じて、ガブリエルが上を見上げる。大量の光の矢が空に散りばめられており、それが降り注ぎ始めていた。

「空間魔法で逃げるのは容易ですが、そうしたらここら一体が更地になってしまいますね」

「光の矢は広範囲の魔法だ。お前の魔法でも逃げられはしない」

「なぜです？　私の空間魔法なら、一瞬でヘレナ国へも飛べますよ？」

「なっ!?」

そこまで移動できるものだとは思っていなかった。ゲーマグの読み違い。空間魔法の底の深さを見誤った故の完全敗北だ。

「しかし、このままでは辺り一帯が更地になってしまいます。シールド様に怒られてしまいます。……こうしましょう」

『空間魔法――転移』

ゲートが開き、そこから一人の魔族が現れた。巨漢の強面。拳で数々の強敵を葬ってきた男ギガである。今回のゲーマグの追手でもある。

「なぜ、お前が!?」

「いつでも呼び寄せられたんですよ？　ただ手柄を分けたくなくて」

最初から、ゲーマグに勝利などなかった。そして、ギガを近くからじかに見て、この男が化け物だという真実に気が付く。確かに、勝てない。宮廷魔法師序列第5位のゲーマグが、ギガを目の前に、戦わずして敗北を認めてしまった。

「ギガ様、空の魔法ですが、どうにかなりませんか？」

雑なガブリエルからの要求だったが、ギガは黙って頷いた。

両手を合わせて、ギガの体内の魔力を両手に集めていく。凝縮した魔法を空に向けて、握りつぶすように凝縮した魔力を離散させた。衝撃波となって、空の光の矢に向かって飛んでいく。光の矢はギガの圧倒的魔力に当てられて、散り散りに弾け飛んだ。ただのパワーで魔法を解除させたギガを見て、ゲーマグが項垂れた。

「化け物め」

ゲーマグを担いで、ギガがシールドの元に戻っていく。

「感謝する」

ガブリエルにそう言い残して。

「いえいえ、簡単な仕事でしたわ。シールド様によろしくお伝えください」

「うむ」

ミナント最高の魔法使い対ヘレナ国宮廷魔法師序列第5位ゲーマグの戦い、ギガの加勢もあって、ガブリエルの完全勝利に終わる。

閑話二――ミライエの宝はどこへ向かう

私はパル。故郷ミライエを心から愛する領民の一人です。

時は早いもので、今年で16歳になりました。2年前にシールド・レイアレス様の元で働きたくてミライエの公立学園に通い始めたのが、ついこの間の出来事のように感じられます。

憧れのシールド様のご活躍を日々聞きながら、それを励みに勉強に取り組んできました。この学校で主席卒業を目論んでいましたが……世の中は広かったです。今やシールド様の元で働きたい人は星の数ほどいて、この学校には世界中の天才たちが集まってくるのです。歴史も伝統も浅いこの学校が、シールド様の威光だけで世界一の学校になるなんて誰が予想したでしょう。流石シールド様です！

いやいや、賞賛ばかりしてはいられません。なぜなら、その天才たちと私は主席の座を争わないといけないからです。主席の座は三つあり、座学、魔法、武芸の三つの席が用意されています。魔法と武芸は私の専門外ですので、最初から狙ってなどいません。座学で一番になること。そしてシールド様直属の部下になることが私の夢なのです。

この公立学園を卒業した生徒は、新設された魔法省に進むことも、精鋭集まる軍に進むこともできます。魔法省ではミライエに集まってくる膨大な魔導書の解析、軍は戦略課の新設によって、それぞれ座学が得意な人材が求められています。実際、そちらに進みたいというライバルもいます。

しかし！　やはりシールド様のお傍で働きたいという人が圧倒的に多く、主席の座を争っている生徒の8割がライバルとなっている現状です。

残すは最終試験の結果発表。この試験で1位をとれば晴れて首席で、私は希望通りの進路……つまりはシールド様のお傍で働けるのです。一応最終面接でシールド様に「こいつ嫌いだ」とでも言われない限り、今度新しくできると噂の首都で働くことができるのです！

新しい領主の館で、シールド様にお仕えし、アザゼル様、ベルーガ様からも頼りにされるわ・た・し……。ふふっ。素敵な未来が待っているのです！

数日後。学園の庭に人生を左右する試験結果の通知が張り出されていました。

学年末試験結果

2位　パル・オーレライ

現実はあまりにも酷です。試験前日、シールド様の元で働く未来を妄想しすぎて夜更かししたのが敗因でしょうか。いいえ、言い訳はやめておきましょう。私は実力で負けてしまったのです。涙が止まりませんでした。卒業までの日数、私は毎日のように泣いて過ごしていました。主席の男の子はもちろんシールド様の元で働くことを希望し、来年から首都サマルトリアへの赴任が決定しました。今は軍と魔法省の人材確保を急ぎたいというシールド様の要望で、そちらの道は広く開かれています。料理人や侍従として領主の館に勤める道もありますが、それは私の希望ではありません。魔法省や軍に進んでも、十分な出世コースです。同期の生徒たちは第一希望を叶えられなかったことを悔やみながらも、皆なんだかんだ喜びながらそちらの道に進んでいます。

「はあー」

最近できたオシャレなカフェに一人で来ました。自分でも信じられないほど大きなため息が漏れてしまいました。このカフェはコーヒーの味こそ平凡ですが、シールド様がお忍びで来るという噂が流れていたので、奇跡を信じて通っているうちに、気に入ってしまったカフェです。

「シールド様がこんなところにいるわけないよなぁ」

いても同じことです。どうせ私はもうあの方の傍で働けないのですから。

落ち込んで下ばかりを向いてしまいます。両親や友人を心配させないためにも、そろそろ立ち直らないと。無理にでも顔を上げて……。

「げっ」

「げってなんだよ。人の顔を見るなり」

私の目の前に、細身の長身で、青い髪の青年がいました。少しヘラヘラとしたその軽薄そうな表情を私は覚えています。公立学園に入る前、私にナンパしてきた青年です！　忘れもしません！

「ナンパ男」

「は？　なんのことだよ」

憧れのシールド様とは出会えないのに、この人とはなぜか不思議な縁があります。そういえばシールド様も青い髪の若い方と聞いています。遠目に一度見ましたが、この方とは違い、輝いておられました！　もう、オーラが違うんですよね！　オーラが！

「金髪の少女とは出会えたんですか？」

「え、なんのことだ？　フェイのこと？」

この方は私のことを覚えていないみたいです。毎日ナンパしまくっている軽薄な人なのでしょう。私は不思議とこの人のことを覚えているのがなんか悔しいです。

「腹立つのでもう声をかけてこないでください」

「そっちから声をかけてきたのに!?」

それもそうでした。今回は私からでした。

なんか投げやりになっていたかもしれません。

「はあ、これも何かの縁だ。話を聞いてやるよ」

彼はそう言って、私の向かいの席に座ります。

「奢りならそこに座ることを許可します」

「仕方ない。これでも俺は結構身分ある人間なんだぞ。話を聞いて貰えることを感謝してほしいくらいなんだが」

普段は軽薄な男なんて絶対にお断りですし、話したくもないのですが、この人は不思議と話せます。私が落ち込みまくっているのも影響しているかもしれません。

「で？　何があったんだよ。人生の先輩として聞いてやるよ」

「あなたには想像もつかない世界の話です。シールド・レイアレス様のお傍で働ける未来が、もう手の届くところにまで来ていたのに、私はそれを直前で取りこぼしたのです」

「お、おう……。それはなんか、すまん」

「なぜあなたが謝るのですか？」

私の成績が落ちたのは、私の責任です。

「すまん。なんか今は勉強できる人材よりも、実戦経験の多い人材がねー……。だから軍や魔法省は広く人材を確保してて！」

「魔法省や軍に興味なんてありませんけど！」

「うっ」

この人、意外とミライエの事情に詳しいみたいです。自分でも身分ある立場と言っていたし、そこそこの地位は持っているようです。

「魔法省や軍もいいと思うんだよなー。給料めっちゃ高いらしいぞ。いいよねー。年間休日も、福利厚生もしっかりしてる！　なんてすばらしいのだろうか！」

この人は何もわかっていません。お金なんてそんなもの、夢と比べればあまりにちんけなものです。

「私はただ……ただシールド様のお役に立ちたかったのです。それ以外に希望などありません」

向かいの席に座ったナンパ男はなんとも気まずい表情をしています。私が辛気臭い空気感にしたからでしょう。そこは少し申し訳ない。

「バリア馬鹿。なぜこんなとこにおるんじゃ」

「フェイ！　驚いた。ここのパンケーキ美味いんだよ」

「我もそれを聞いたのじゃ」

「食いしん坊め」

「お主の奢りじゃぞ」

「パンケーキくらい奢ってやる」

驚くほど美しい金髪の少女でした。腰まで伸びているその美しい黄金の髪の毛は、本物の黄金と見間違うほどの輝きがあります。シールド様のお傍にも美しい金髪の少女がいるらしいですけど、この方の美しさはそれに匹敵するレベルなのでは？

少なくとも、私は彼女から目が離せないほど、その強い輝きに魅了されてしまっています。

「それで、こやつは誰じゃ？」

「えーと、人生に悩んでいる学生さん？」

「ほう、何かの縁じゃ。我が相談に乗ってやらんこともない」

とても機嫌が良さそうだ。お目当てのパンケーキが食べられるからだろうか。凄く少女っぽい見た目と、少女っぽい食い意地なのに、なぜか相談したくなる器の大きさも感じられる。

「フェイ様というのですね。たしか、シールド様のお傍にもあなたのような美しい方がいるとか」

「ん？　こやつお主のことを……。まあいいわ。とりあえず悩みを言うが良い。我が良い道に導いてやる」

「はい！」

私は思いのたけを全て吐き出しました。シールド様への熱い思い。主席への情熱。そして夢破れた現状を。

「ほおほお。シールドのことをそこまで。そんなにいいか？　あいつ」

「はい！　シールド様はオーラからして違います。この方もどこかシールド様っぽい雰囲気がありますが、遠目に見た本物のシールド様はこの方の１００倍輝いておりました！」

「輝いておるか？」

「こっち見んな」

黄金の少女フェイ様がなぜかナンパ男を眺めていました。その男は輝いていませんよ？

「まあよい。お主の悩みは至極簡単に解決できる」

「本当ですか？　もしやシールド様への伝手など……！」

「軍に進め！」

そっち!?

「な、なぜ軍なのですか？」

「魔法省だと功績を立てるのは難しい。しかし、軍なら功績を立てて出世した先でシールドに出会えるぞ！」

「軍ですか……。でも私は軍人としての才能など」

「お前は中途半端な才能と結果でシールドに仕えるのか？　それとも世界一の才能をめざめさせてシールドに認められながら仕えるのとどっちがいい？」

えっ!?　そりゃ後者に決まっている。

しかし、私にそんな才能なんて。

「軍は今、軍略家を求めている！　お前は天才軍師になって、軍神になれ！」

軍神……!?

そんな道があったの？

「おいおい、そんなに勝手に決めていいのか？　もしや才能が見えるとか、そういう感じなのか？」

「いや、知らんけど」

「適当かよ」

適当でした！　私の将来、適当に決められました！

けれど、なにか胸の奥が凄く熱いです。久々に、頭が働いている感じがします。

「私、チャレンジしてみます！　軍師の才能がなくても構いません！　自分の真の才能を見つけて、シールド様にお仕え……。いいえ、私はあの方の隣に立ちます！」

「隣に？」

「思えば部下ではダメです。あの方の隣に立ってこそようやく認めて貰える気がしてきました」

「お、おう」

席から立ち上がり、黄金の少女の手を握った。

「あなたのおかげで人生が切り拓けた気がします。憧れのシールド様に出会う前に、甘えた思考を捨てられてよかったです」

「お、おう」

「ふう、また我が未熟者を救ってしまったか。ほれ、二人とも座れ。今はパンケーキを楽しむぞ」

「はい！」

ミライエはこれからもシールド様の元でどんどん大きくなるだろう。私も負けずに大きくならないと。ナンパ男との再会、黄金の少女との出会い。この日は私の人生の大きな転機となったのだった。

閑話三 ――フェイとアザゼルの出会い

地上から長く続く螺旋階段を下りていった先に、薄暗くかび臭い地下牢があった。時の権力者だけが知る、後ろめたい場所だ。死臭が漂い、壁には何年も前に付いいただろう血痕が無数に見える。

「臭いのう。腐敗臭だけではない、人間どもの腐った臭いがする」

螺旋階段を一歩一歩下りていくのは、この陰湿な場所に似つかわしくない黄金の髪の美少女。街で見かければ、誰もがその姿に振り返り、貴族の御令嬢と見間違うことだろう。しかし、彼女は貴族ではない。それどころか、人間ですらない。この小さな地下牢に入るため、人の姿を借りているだけである。

「お貴族様？　いや、来客の連絡はなかったが」

地下にいた拷問を生業《なりわい》にしている看守たちも、その姿に勘違いしそうになった。お忍びで権力者が来ることがあっても、こんなに美しい少女が来たことはない。彼女の存在は、この場所に似つかわしくないのだ。

「我はフェイ。面白いやつがいると聞いて解放しに来た」

「……ということは、侵入者か？」

「そういうことになるな」

「ならば排除するのみ。綺麗な女だ。へへっ、あれは俺のものだ」

二人いた看守の一人がフェイに向かって飛び掛かる。その顔に下卑た下心を張り付けて。

しかし、フェイを知る人物が見れば当然のことが起きる。飛び掛かった看守はフェイに触れる直前、体が硬直し、直後弾けた。まるで体内に爆弾でも埋め込まれていたのかと錯覚させられる。綺麗に体の中心から弾けて粉々になったのだ。この鬱屈とした地下牢にまた一つ血痕が増えた。

「何を慌てるか。どうせすぐに消してやるつもりだったのに、わざわざ自ら近寄ってくるとは」

「あっああ……」

取り残されたもう一人の看守は、恐怖故か、それとも理解が追い付かないのか、その場で立ち竦む。実際、なんの魔法が使われたかも、彼は理解していない。

「ち、地上の憲兵は？」

「当然消した。貴様もすぐにそうなる。冷たいのがいいか？　熱いのがいいか？　好きなほうを選べ」

看守は答えられなかった。すぐにもう一つの血痕となった彼だが、熱いのだったか、それとも冷たいのだったかは、フェイしか知りようがない。

静かになった地下牢。相変わらず強い臭いは残るものの、そこにはフェイ以外の生き物はいないかと思わせるほど静まり返っている。

この空間の一番奥へと進んでいったフェイは、頑丈な檻を見た。鍵は看守の懐にしまわれているが、そんなものは必要ない。

フェイが一蹴りすれば、格子の1本が人の腕ほどもある鉄の檻が軽々と折れ曲がって外れてしまった。大の大人が10人でも持ち上げられないような頑丈な檻を、赤子の手をひねるよりも簡単に壊してみせる。

その先にいたのは、この地下牢でもっとも悲惨な姿の男の姿だった。長い幽閉によりやつれた顔と体。ボロボロの服。意識を失い続け、覇気のない姿の魔族。

己の力では立てず、肩に鉄のフックを刺し込まれて、宙づりにされていた。

「まったく、むごいことをしてくれる」

男は魔族だった。こんな状態になっても、死なない生命力があるのは、魔族の中でも彼くらいだろう。驚異の再生力と、体内に眠る爆発的な生命力が彼の命を繋いでいる。日々再生し続ける魔族特有の回復力。それを利用して、毎日のように絶えまない拷問が行われていたのだ。フェイはそれを思い、少し怒気を放ったが、すぐに怒りを沈めた。

目の前にいるのはその被害者だ。フェイの怒りを向ける相手ではない。

「我はフェイ。最強のドラゴン、バハムートじゃ。……といっても、聞こえておらんか」

意識を失っており、ほとんど反応すらない。ただ命が繋がっているだけの肉の塊といっても過言ではない状態だ。

「ここまでせんでも良かろう。お主をこんな目にあわせた領主……なんて言ったかな。まあ良い、ぜい肉の男は我が葬っておいた。あれは不快じゃからな。当然の報いを受けさせた。と、その前に我の魔力を分けてやるか」

フェイの治癒魔法を浴びせながら、同時に魔力を分け与える。魔力さえあれば、魔族は自然回復していく。もちろん臓器や、深く傷ついた箇所の回復にはそれなりの時間はかかる。ただし、意識が戻り、耳が聞こえるようになるのはすぐだった。フェイの治癒魔法はそれだけ優れているし、魔力の純度、量ともに素晴らしい。

「……人間の魔力ではないな」

「弱っておっても、そのくらいはわかるか」

「叡智のドラゴンか……。なぜこんなところにいる。私に用はないはずだが」

ドラゴンには2種類いる。フェイのような、人に神と表現されるドラゴンを魔族は叡智のドラゴンと呼び、知恵のないドラゴンを魔物の主と呼んでいる。

「お主はアザゼル。その名は、魔族の中でもっとも誉れ高い名前だ。数々の偉業を果たし、魔族の英雄と称える者もいる。魔族だけでなく、人間や、そしてフェイのような存在にまでその名は広まっている。

「こんな才能がまさしくこのような臭い場所で腐っているのはもったいないと思ってのぉ。それに、あの貴族どものやることはあまりにも陰険じゃ。気にくわん」

「それでもあなたには関係のないこと。これは騙された私の落ち度」

フェイもその事情を知っている。というか、すり寄ってきた貴族が自ら語り出したのだ。

とある時、魔族の英雄が人間側の権力者に歩み寄ってきた。その男はアザゼル、世界中が恐怖する大魔族だ。そんな彼が述べた言葉は、『人と魔族の共存』だった。これまで争い続けてきた魔族と人の歴史において、画期的で異端な提案だった。しかも、具体的な計画まで用意している始末。魔族からも多くの反発があったその計画だが、若く理想に生きるアザゼルを止められる者はいなかった。

「志高く、美しい心を持ったお主の末路がこれか。笑えんのう」

「……大したことではない。きっとまだ……」

「まだ、なんじゃ？　まさか、まだお主は魔族と人が手を取り合って歩んでいける世界が来るとでも？　愚か者が。10年もの間拷問され、こんな悲惨な姿になっても気づかぬか。お主がいくらそれを望んでも、人間が望んでいない限り叶わぬ夢じゃ」

フェイの正しすぎる言葉に、アザゼルは反論できなかった。体力が落ちて、意思が弱まっているのもあった。でなければ、普段のアザゼルならば理を説いてとことん反論する若さと志があるからだ。

「お主の目指す世界への、一番の近道を教えてやろうか？」

「……ええ、是非とも」

「力じゃ」

至極単純な答えだった。フェイの力強い言葉は、弱ったアザゼルを妙に納得させた。

「今のままじゃダメじゃ。魔族は恐れられているが、同時に見下されている。まだ恐怖が足りぬ。こんな状態で対等な立場を築けるはずもなかろう。まずは力を見せよ。アザゼル、お主の才能を示せ。世界に恐怖を与えるのじゃ。この時代にアザゼルありとな」

胸の中に熱いものがこみあげてくるのがわかった。自分の考えた甘ったるい理想論とは違う、確かで、根拠のある話のように聞こえる。

「その先に、私の理想が?」

「いいや、約束はできぬ。お主の考えはここに来る前に聞いてきた。人と魔族、それだけでなく世界中の種族が手を取り合って暮らしていける世界? まあ普通に考えれば無理じゃろうな」

「言っていることがおかしい」

「お主の理想のほうが無茶苦茶じゃ。こんな腐った時代に、綺麗な理想を述べているのが悪い。実際、その代償に10年もこんな目にあっておるではないか」

「私の犠牲で魔族の立場が良くなるならばと思ったが、どうやら10年経っても外の世界は何も変わっていないのか」

「当然じゃ。阿呆が。犠牲などという綺麗ごとで世が変われば苦労ないわ」

項垂れて、少し絶望する。フェイの分け与えてくれたドラゴンの圧倒的な魔力によって、傷が癒えていく。人ならば数年かかっても治らないような傷が急速に再生し始めていた。アザゼルだけの魔力ではこうはいかない。噂に聞いていたが、バハムートという圧倒的な存在を今一度実感したアザゼルだった。しかし、それと同時に心が痛む。フェイの言うことが、青臭い自分の考えに妙に刺さるからだった。

「私の最初の質問に答えていない。なぜこんなところにいる? 私の理想を馬鹿にしに来たわけではあるまい?」

「ふん。随分と暇つぶしをして過ごしてきた。たまには世界に干渉してやってもいいと思ったわけじゃ。腐った人間社会と、理想を掲げる魔族、どちらに肩入れしたほうが面白いか考えた結果、お主らに助力することにしただけじゃ」

永遠とも思える長いドラゴンの一生の、ほんのひと時の暇つぶしであるとフェイは言ってのけた。アザゼルの掲げた青臭い理想は、フェイにとってはただの暇つぶしでしかないらしい。それがどこかおかしくて、およそ10年ぶりにアザゼルは笑った。

体だけでなく、心も立ち上がれる言葉だった。久々の脚は、少しふらついた。再生した四肢は、表面は幼子のようにモチモチと綺麗な肌だった。アザゼル本来の力を込めて、肩に刺さったフックを砕く。10年使われた錆びたフックは、アザゼル本来の力が戻ればこうも容易く壊せる。

「ふう、10年ぶりの体は、どうも操作が難しい」

「ふははは、しかし甘えたことは言えぬぞ。お主の話を聞いたときに、派手に領主の首を吹き飛ばしたから、凄腕の魔法使いが後を追ってきておる。もうじき来るじゃろう。我に守りながら戦うなどという器用なマネを期待するでない」

「あなたの下で働くのは大変そうだ」

「当然じゃ！　常時飯をたんまり用意しておくように」

膝を折り曲げ、アザゼルは感謝と忠誠を述べた。こうして体が再生し、意識が明瞭になってようやく、アザゼルは生の喜びを思い出す。憎しみも同時に沸いたが、それよりもフェイへの感謝が上回った。新しい世界を作ろうとしたとき、魔族からも異端と言われ、人からもこの扱いを受けた自分にも、まだ味方がいたことに、心の底が温かくなる。

体が動くことを何度も確かめて、アザゼルは螺旋階段を上っていく。臭く暗い地下牢にこれ以上いたくないのは、二人とも同じだった。

「おやおや、随分と早いのう」

「……手練《てだ》れですね」

「そりゃ、王族にもっとも献金をしていた領主を殺したんじゃ。このくらいのレベルは出てくるじゃろう」

人間側からしたらとんでもない狼藉を働いたフェイだが、本人はむしろ自慢げに笑って、楽しそうに述べた。

「外の世界じゃ、人と魔族の戦いは続いている。しかも繁栄を極める人間どもは愚かにも人間同士でも争いはじめておる。こやつらは、そんな戦乱を生き抜いた猛者どもだ。魔力量が微少だからといって侮るなよ？」

「当然です。一番奥の男、少し奇妙な気配を感じます」

「同感じゃ。さて、生きてここを切り抜けるぞ。いくぞ、アザゼル」

ドラゴンと魔族が手を組み、人間の魔法使いとの戦いが始まった。

この戦いは、神々の戦争の最初の戦いと記されている。

フェイがこんなところで負けるはずもなく、同時に、フェイの想定を上回っていたアザゼルの才能もこんなところでは止まらなかった。二人は1時間もしないうちに、人間界の猛者を一人だけ残して葬った。

「残りはあれだけか」

「やはりというべきか」

二人が見据えた先には、一人の魔法使いがいる。最初、二人が警戒していた人物である。

「距離ばかり取って、随分とやる気がないではないか」

フェイが挑発する。距離を取る相手に面倒くさいものを感じたのだ。

「……まあな。俺は別にあの領主に恩があるわけでもないし、魔族に恨みもない。あんたはもっと別の存在のようだが。とにかく、糞ったれの領主のために命をかける気もないし、魔族やあんたを殺したいほどの動機もない。こっちだって嫌々戦ってんだよ。同情しやがれ」

「なんじゃ。変なやつじゃのう」

「あーあ、ここで逃げたら無事無職かぁ。まあいいや。死ぬよりはいいか。あんたらには勝てる気がしないし」

抗戦の構えを解いて、男は気だるげな態度を取った。もう戦う気はないらしい。覇気が完全に消えていた。

「ところで、名前を聞いてもいいかい？　すげーやつと戦って生き延びたんだぜってことをアピールして、次の職場を探すからよ」

「誰が逃がすといった。けれど、なんか憎めないやつじゃのぉ。名前くらい教えてやるか。我はフェイ。黄金のドラゴン、バハムートじゃ。こやつはアザゼル。最強の魔族で、今日から我とともに歩む者じゃ」

「ほーん、ドラゴンと最強の魔族か。こりゃすげー。全滅も無理ないか」

飄々《ひょうひょう》とした態度の男は、二人の存在に感心したように腕を組み、うんうんと頷いていた。

「職場だけじゃなく、この武勇で女も口説けそうだ。俺の名前はジューン・レイアレス。どう考えても勝ち目が見えないから、そろそろ逃げるぜ。二度と会わないだろうけど、また会ったら……」

男の表情が少しこわばる。場に警戒の空気が流れた。

「また会ったらどうするというのじゃ？」

「優しくしてくれ！」

そっちかーい！　フェイは心の中でツッコミを入れた。どこまでも、変な男だ。フェイが初めて会うタイプの人間だった。

「ほんじゃ、さいなら！　言っておくが追ってくんじゃねーぞ！　逃げられる自信はあるが、あんたらが本気を出したら……一応、最悪な未来も考えられる。絶対追ってくんじゃねーぞ！　いいな？　絶対追ってくんじゃねーぞ！　絶対だぞ！」

そう言い残して、男は全力で逃げていった。

「あれ、追ったほうが良かったのか？」

「私もそういう風に聞こえましたが、あの全速力での逃走を見るに本心なのでしょう」

「変わり者ってレベルじゃない。変態じゃ、あれは」

「しかし、本当に出会ったことがないタイプだ。ああいう人間が権力を握れば、もしや魔族と人との共存も……」

「馬鹿を言え。あんな変態が権力を握れるか。青臭い夢は一旦置いておけ。追手はどんどん来るぞ。行くぞ、アザゼル」

「……そうですね。そんな未来は、私の望む世界は……ないのかもしれませんね」

「まあ完全には否定しないでおいてやろう。もしかしたら面白い未来が来るかもしれんしな。それよりも、追手を全部振り切ったら次はベルーガという魔族を救いに行く。あっちも骨が折れるぞ」

「ベルーガ。聞いた名ですね」

アザゼルとフェイ。二人が出会い、これからドラゴンと魔族の時代が始まる。時代が大きく動き出したのだ。この大きな波は、いずれ世界を飲み込んでいく。その勢いや、二人の思惑を超えるほどの大きさに。異世界勇者が現れるまで、二人の侵攻は止まらない。伝説がこうして始まったのだ。

あとがき

お久しぶりです。ＣＫです。２巻も最後まで読んでくださってありがとうございます。感謝、感謝！

この巻。最後にまさかまさか、昔話を入れちゃいました。昔話ってキャラの起源を辿れて、なんかいいよね！　個人的に好きなので、アザゼルとフェイ、驚きのシールドのご先祖様も登場させちゃいました。彼らの縁の深さたるや、なんと３００年も前まで遡るとは!!

今後もどんどん過去を、そしてキャラを掘り下げていこうと思っていますので、乞うご期待！

書籍版だけの登場人物であるパルも、本編に上手に加えられたら良いなって思っています。主人公の語りが自分は好きなのですが（読むのも書くのも）、最近は他キャラをもっと掘り下げるのも面白いなぁと少しずつ学びを得てきています。結局キャラの掛け合いも、背景を知っていたり、その人の個人的な気持ちを読者がわかっていたほうが見ていて楽しいのかなって。毎度書くたびに悩みが出てきて、物語を作るのは難しいなぁ、でも楽しいなぁと思う日々です。あらゆる形があっていいけど、読者の求めるものを書けるのが一番ですので、もっと勉強せねば。

抱負はこのくらいにしておいて、グラビアアイドルの私生活よりも気になるであろう、私の私生活の話も少ししときますね。最近、また筋トレを再開しました。いやぁ、良い！　これ良いですわ！　やっぱり人間って動かないといけないんですよね。起きたら運動。仕事が終わったら運動。

寝る前に運動せよ令和のもやしボーイたち。我々の先祖はマンモスを倒して子孫繁栄したんですよ。その血を引く我々が、毎日パソコンポチポチ、スマホタプタプ。そんな生活でいいわけがない。これからはスマホの代わりにダンベルを。デスクトップパソコンは使うものではなく、持ち上げるものとして利用しましょう。世の中、動画サイトを見れば毎日美男美女がきゃっきゃきゃっと踊っています。金持ちがキラキラと凄い次元の話をしています。ふーん、でも俺には筋肉があるけど。そういうマインドに一緒になりませんか？　妬みのない素敵な世界を一緒に作りませんか？

筋肉談義はほどほどにしておいて、最後に感謝を述べさせてください。読者の皆様と、多くの関係者の皆様のおかげでこうして新刊も発売できました。誠に、ありがとうございます。今後とも、どうぞよろしくお願いいたします。

本巻もイラストを描かせていただき
ありがとうございました！トモゼロです。
今までいろんなキャラクターを描いて
来ましたが、イデアのタイプ(笑)は初めてで
カラー絵ではギリギリを楽しみました^^

イラストの方でも楽しんで頂ければ幸いです。

えー、
えー、
ほんとに、
ホントに
ちゃんと
やりますとも
食べる？
新入り？

〈竜王〉〈真祖〉
〈愛欲の魔王〉
〈九尾の狐〉…etc
皆が慕ってきて!?
〈超合金魔像〉に
乗り込んで対決!?
最高レベルに育て上げた
伝説級モンスターを従え、
君臨!
A book of monsters for
The demon master

ボクは光の国の
転生皇子さま！
〜ボクを溺愛すりゅ仲間たちと精霊の加護でトラブル解決でしゅ〜
EARTH STAR LUNA
撫羽
イラスト
nyanya
1巻特集ページはこちら!
アーサヘイム帝国の末っ子皇子・リリアスは、湖に転落した際に前世の記憶を思い出した。医者だった前世で多くの命を救った彼は、帝国で敬われる光の精霊・ルーの加護を得る。侍女のニルや専属護衛の獣人・オクソール、クセつよな兄弟たちの愛を一身に受けるリリアスは、とびぬけた光魔法の才能が原因で命を狙われたり、希少な純血種の狼獣人の命を救ったり、図らずも悪徳貴族を摘発したり……ちびっこでも、うまくしゃべれなくても、トコトコと問題解決でしゅ!!
シリーズ好評発売中!

EARTH STAR NOVEL

国に最強のバリアを張ったら平和になりすぎて追放されました。②

バリア魔法で始める魔族領主

発行 ―――――――― 2023年12月15日　初版第1刷発行

著者 ―――――――― CK

イラストレーター ―――― トモゼロ

装丁デザイン ―――― 石田 隆（ムシカゴグラフィクス）

発行者 ―――――――― 幕内和博

編集 ―――――――― 島玲緒　今井辰実

発行所 ―――――――― 株式会社アース・スター エンターテイメント
〒141-0021　東京都品川区上大崎 3-1-1
目黒セントラルスクエア　7F
TEL：03-5561-7630
FAX：03-5561-7632

印刷・製本 ―――――― 図書印刷株式会社

ISBN 978-4-8030-1880-6